"J'avais besoin d'elle auprès de toi…"

"Je suis là, à présent," murmura doucement Matt, en lui caressant les cheveux.

Mue par une impulsion irrésistible, elle se serra contre lui, et s'aperçut alors qu'il la réconfortait gentiment, rien de plus…

"Est-ce que tu me trouves séduisante?" souffla Angela.

"Tu n'as pas besoin de moi pour le savoir."

"Si!" cria-t-elle. "Si!"

Il tourna vers elle son visage impénétrable : "Tu es une jeune femme extrêmement séduisante."

"Alors pourquoi ne me fais-tu pas la cour?"

"Une aventure entre nous pourrait se révéler trop…compliquée," avoua Matt.

"Et tu préfères une vie tranquille?"

"Sur le plan sentimental, oui."

DANS HARLEQUIN ROMANTIQUE

Jane Donnelly
est l'auteur de

DANS COLLECTION HARLEQUIN

Jane Donnelly
est l'auteur de

Il neigeait sur la lande

Jane Donnelly

Harlequin Romantique

PARIS · MONTREAL · NEW YORK · TORONTO

Publié en août 1983

ISBN 0-373-41202-9

Dépôt légal 3e trimestre 1983
Bibliothèque nationale du Québec et Bibliothèque nationale
du Canada.

Imprimé au Québec, Canada—Printed in Canada

1

— Veille sur elle, Matthew, recommanda le père d'Angela Millar.

Angela éclata d'un petit rire insouciant, affectant un détachement qu'elle était loin de ressentir.

— Je me débrouillerai parfaitement toute seule, assura-t-elle. J'ai l'âge de raison, et je te promets qu'il ne m'arrivera rien !

C'était une jeune fille menue, et l'ample manteau de lainage qui l'emmitouflait accentuait son aspect fragile.

On était le premier décembre, et il faisait très froid. Angela, le col relevé jusqu'aux oreilles, les mains enfoncées dans ses grandes poches, embrassa son père qui s'apprêtait à prendre l'avion pour l'Espagne. L'aéroport de Birmingham était glacial, et, malgré son épais vêtement, elle frissonnait.

Père et fille s'étreignirent une dernière fois. M. Millar souriait, mais son visage aux traits tirés trahissait une certaine lassitude. Prématurément usé par la maladie, il avait dû abandonner un poste important dans l'enseignement pour s'installer dans une contrée plus ensoleillée, où le climat lui serait plus favorable.

Il serra la main du jeune homme qui les accompagnait, puis, d'un regard légèrement embué, contempla sa fille et son ancien élève avec la même affection. Il aimait Angela plus que tout au monde, cependant il était probablement plus fier de Matthew Hanlon.

Angela ne lui en voulait pas pour autant. Il lui suffisait de se savoir aimée ; elle n'ignorait pas qu'aux yeux de son père, Matt représentait la récompense d'une longue carrière de professeur.

Les mots qu'elle avait surpris alors qu'elle n'était qu'une petite fille lui revenaient en mémoire : « c'est rare de rencontrer un cerveau comme le sien »... puis Matt avait obtenu une bourse pour fréquenter l'Université de Cambridge, et ses succès répétés aux examens avaient réjoui William Millar. C'était le fils dont tout homme aurait rêvé, et, Matthew Hanlon n'ayant aucune famille, il considérait probablement son vieux maître comme son propre père.

Tous deux étaient grands et minces. Les cheveux de William Millar grisonnaient, tandis que ceux de Matthew, épais et de couleur châtain foncé, étaient à grand-peine disciplinés. Ses pommettes hautes et sa bouche plutôt grande lui donnaient un air slave. Dans la rue, les gens se retournaient pour le regarder, car il était désormais célèbre dans le monde entier.

Les trois silhouettes se dirigèrent vers la salle d'embarquement, et le professeur s'écria soudain en se tournant vers sa fille :

— Ne fais pas de bêtises, Angela.

Il rit comme s'il s'agissait d'une plaisanterie, et ses compagnons l'imitèrent.

— Je ne fais jamais de bêtises, protesta-t-elle gentiment.

Il ne lui avait pas adressé une telle remarque depuis des années. Cela lui rappela son enfance, lorsqu'il la confiait à la garde de sa tante Ida pour aller travailler. Elle n'avait aucun souvenir de sa mère, seulement quelques vieilles photographies aux teintes fanées. Elle était morte quand

Angela n'était qu'un bébé, et la sœur de son père l'avait élevée.

— Embrasse Tante Ida et Oncle John pour moi, murmura-t-elle. Et dis-leur que je serai avec vous pour Noël.

— Et toi, dis à ton ami dont j'ai oublié le nom, qu'il est également le bienvenu, ajouta M. Millar, en s'avançant dans la queue, son billet à la main.

Angela sourit : son père n'avait aucune mémoire des noms, mais il connaissait pourtant celui de l'homme pour qui elle travaillait, et qu'elle allait probablement épouser.

— C'est à Gareth que tu fais allusion, je suppose ?

— Ce doit être ça, en effet ! cria-t-il en s'éloignant.

Les yeux de la jeune fille se remplirent de larmes. Il allait terriblement lui manquer, mais sa santé réclamait un climat plus doux. Fort heureusement, sa sœur et son beau-frère étaient prêts à l'accueillir dans la villa qu'ils avaient achetée en Espagne, après avoir vendu leur fond de commerce. L'heure de la retraite avait sonné plus tôt que prévu, et William Millar n'était plus aussi robuste qu'il le croyait. Tante Ida n'attendait que cela pour le dorloter ; il était sûr de tomber entre de bonnes mains.

Une larme coula sur la joue d'Angela, et elle l'essuya de sa main gantée. Sans la regarder, Matthew lui tendit un grand mouchoir blanc. Rien ne lui échappait ! C'était comme s'il était doué d'un sixième sens.

Il consulta sa montre.

— Merci, bredouilla Angela en se tamponnant les yeux. C'est gentil de m'avoir accompagnée, ajouta-t-elle, en lui rendant le mouchoir.

Tous les amis de son père, Matthew inclus, avaient célébré son départ hier soir, au cours d'une petite fête, et elle pensait se retrouver seule à l'aéroport. La haute silhouette de Matthew se frayant un passage à travers la foule pour les rejoindre, l'avait rassurée et réconfortée. Son père aussi s'en était réjoui.

— Tout se passera bien, affirma Matthew. Il va pouvoir écrire tranquillement son livre, et tu le reverras bientôt.

L'ouvrage en question était un sujet de plaisanterie : son père avait pris des notes, réuni des anecdotes sur sa vie de professeur. Il projetait depuis des années d'en faire un livre, mais n'avait pas encore trouvé un moment pour le commencer. C'était un rêveur, pas un homme d'action. Une fois en Espagne, au lieu de travailler, il allait plus sûrement passer ses journées à philosopher au soleil, et ses soirées à jouer aux échecs avec l'Oncle John ; Matthew, lui, écrivait : il possédait une énergie inépuisable, et Angela ne l'avait jamais vu fatigué. Elle lui demanda :

— Si tu vas là-bas, tu iras les saluer, n'est-ce pas ?

Grâce à son métier de journaliste, il voyageait dans le monde entier, parfois même des endroits dangereux où nul ne s'aventurait, et Angela se faisait du souci pour lui.

Un certain remue-ménage s'était créé autour des deux jeunes gens, et une petite femme boulotte et rougissante s'approcha d'eux en balbutiant :

— Excusez-moi, vous êtes bien Matthew Hanlon, n'est-ce pas ? Je... pourriez-vous m'accorder un autographe ? Ma famille et moi-même admirons tellement vos programmes et vos articles... Nous vous trouvons absolument merveilleux !

— Merci, murmura-t-il en la gratifiant de son plus charmant sourire.

Il signa la feuille de papier qu'elle lui tendait, en y ajoutant une phrase aimable. Puis il bavarda quelques minutes avec elle, et apprit ainsi qu'elle attendait sa sœur dans l'avion d'Edimbourg.

Angela, qui les observait, le trouva fort courtois avec cette admiratrice qui n'était plus de la première jeunesse.

Pourtant, il savait également se montrer froid et sans scrupule lorsqu'il le désirait. C'était un homme très complexe, généreux, fascinant et plein d'esprit, mais secret comme un livre fermé. Mystérieux et imprévisible.

Ils abandonnèrent la dame, ravie de sa conversation et qui se confondit en excuses pour les avoir dérangés.

— Elle croit que tu es là pour m'interviewer, commenta Angela. Elle s'imagine que je suis célèbre !

— C'est certain ! Comment es-tu venue ?

— J'ai pris la voiture.

Il l'accompagna jusqu'au parking. Le froid de l'extérieur les saisit ; leur respiration formait de petits nuages transparents dans l'air glacial.

— Au revoir, Angel. Comme l'a conseillé ton père, sois sage...

— Tu me connais !

— A bientôt.

— A bientôt, répéta-t-elle, en s'installant au volant, et en bouclant sa ceinture de sécurité.

Elle le regarda s'éloigner, et sortit de la boîte à gants deux mouchoirs en papier dont elle se servit pour effacer la buée qui s'était déposée sur le pare-brise.

Matt la connaissait bien, en effet. Mieux que Gareth, ou que tous les hommes qui avaient croisé son chemin depuis quatre ans. Il l'aimait sans doute, à sa manière. Il lui tendait un mouchoir, l'appelait Angel... Plus d'une fois, il l'avait aidée dans les moments difficiles. Cependant il ne l'avait jamais désirée, cela ne faisait aucun doute dans l'esprit de la jeune fille.

Il avait pourtant des aventures. A trente-trois ans, c'est-à-dire onze de plus qu'Angela, il collectionnait les « fiancées », plus belles les unes que les autres, mais Angela doutait de le voir se marier un jour. Elle ne pouvait l'imaginer la bague au doigt, il était bien trop indépendant pour accepter les liens du mariage, et il se suffisait à lui-même. Elle ne parvenait pas non plus à le croire amoureux. Son physique était pourtant empreint d'une certaine sensualité, d'une sorte d'élégance animale qui attirait les femmes. Il savait certainement s'y prendre avec elles, pour les combler et les rendre heureuses. Angela, elle, avait Gareth, et elle rougit en s'apercevant du cheminement de ses pensées.

Aujourd'hui n'était pas un jour comme les autres. Des changements allaient bouleverser sa vie. Heureusement, elle garderait sa situation. Depuis dix-huit mois, elle travaillait dans une agence immobilière, et cela lui plaisait beaucoup.

Lorsqu'elle avait quitté l'école, elle ne savait pas très bien vers quoi se diriger. C'était une bonne élève, qui comprenait vite, et ses professeurs s'étaient toujours montrés satisfaits de ses résultats. Elle avait donc essayé différents métiers de bureau, où elle s'était rapidement ennuyée. Ensuite, elle avait répondu à une annonce, et s'était retrouvée un beau jour devant la façade en briques rouges qui abritait les locaux de l'*Agence Briers*.

La première semaine, on l'avait promenée à travers la ville, afin qu'elle prît des notes sur les maisons et appartements à vendre, et elle avait découvert que l'offre correspondait parfois à la demande. Elle voyait des intérieurs, et imaginait quelles personnes pourraient y être heureuses. Bientôt, elle fut seule pour interroger les vendeurs et accueillir les acquéreurs éventuels. Son enthousiasme était communicatif, les clients l'aimaient bien, et lui faisaient confiance. Sans être vraiment jolie, elle possédait une grâce charmante et une personnalité affirmée et volontaire. Ses cheveux, couleur de feuilles mortes, étaient longs et brillants, et ses yeux noisette frangés de longs cils épais.

« Un petit bout de femme » : c'est en ces termes-là que le directeur de l'agence l'avait décrite à sa femme, quand leur fils, qui était également l'associé de son père, avait chanté ses louanges pendant tout un repas.

Gareth Briers était le fils en question. Angela avait commencé à travailler comme simple secrétaire ; à présent, elle était son assistante, et depuis quelques mois, elle était à peu près certaine d'être amoureuse de lui.

Tous deux avaient de nombreux points communs : l'amour de leur travail avant tout, et leurs goûts en général. Pas une fois ils ne s'étaient disputés, et Gareth n'avait pas manqué de le lui faire remarquer le jour où il l'avait demandée en mariage. Ils dînaient chez *Giorgio*, le restaurant grec, et elle avait levé les yeux vers son visage familier et sans mystère qu'éclairait la flamme d'une bougie. Elle avait alors décidé qu'elle était amoureuse de lui.

Pourtant, elle n'avait pas réellement dit oui. C'était une perspective très plaisante, avait-elle répondu à Gareth, et il lui avait pris la main sur la nappe de toile blanche, en concluant qu'elle pouvait commencer à chercher une nouvelle maison.

— Pourquoi pas ? Mais ne me bousculez pas, Gareth. Je ne peux pas quitter mon père en ce moment. J'attendrai qu'il rejoigne sa sœur ; c'est préférable, me semble-t-il.

A l'époque, son père se remettait lentement de sa maladie. Aujourd'hui, il volait vers l'Espagne, et, à la fin du mois, elle devrait quitter la maison qu'ils avaient habitée tous les deux. Tout le monde parlait du mariage d'Angela au printemps prochain.

A l'exception de Matthew, qui n'en soufflait mot. Il la traitait comme si elle avait encore quatorze ans, et son propre père, sans doute influencé par cette attitude, n'avait jamais considéré sérieusement aucun de ses flirts. Il prétendait qu'elle avait toujours eu beaucoup d'admirateurs, et qu'il était inutile de se précipiter.

S'il n'était pas parti, elle aurait probablement encore repoussé la date de son mariage ; à présent, il allait bien falloir se décider rapidement. Tandis qu'elle roulait vers son bureau, cette pensée lui arracha un soupir.

Elle s'entendait bien avec Gareth, ils passaient ensemble de bons moments. C'étaient sa vitalité et sa gaieté qui avaient changé le jeune homme. « Je ne m'ennuie jamais avec vous », avait-il coutume de lui dire. « Vous avez toujours le moral. » C'était formulé comme un compliment, mais, à la longue, elle se demandait si elle ne se lasserait pas un jour de devoir éternellement rire.

En cette minute, elle ne se sentait pas gaie du tout ; elle était au contraire plutôt abattue. L'agence se profila de l'autre côté de la place, et elle s'engagea dans le parking, adressant un signe de la main à Jenny Winthrop, debout derrière le comptoir, dans la petite boutique de cadeaux voisine.

La jeune fille ne sembla pas la voir. Mince et pâle, avec de longs cheveux raides qui encadraient son visage, elle paraissait lugubre, derrière la vitre gaiement décorée pour les fêtes de fin d'année.

C'est vrai que le temps n'incite pas aux réjouissances, pensa Angela. Il faisait bien froid pour entreprendre ses courses de Noël, c'était peut-être cela qui déprimait Jenny. Souris un peu, murmura Angela pour elle-même. Ce n'est pas avec cette tête-là que tu vas attirer les clients !

Elle rangea la voiture à l'emplacement habituel, et se dirigea vers l'agence, son sac en bandoulière.

Mme Sims, la réceptionniste, l'accueillit chaleureusement.

— Tout va bien, votre père est parti ?

— Oui.

— Quelle chance il a ! Comme j'aimerais être à sa place !

La jeune fille entra dans le bureau, où elle trouva un billet laissé à son intention par Gareth. « Je serai absent une grande partie de l'après-midi. Un couple viendra à trois heures pour visiter la villa de l'avenue des Cèdres. »

Angela sortit le dossier qui l'intéressait, et s'assit pour le consulter, bien qu'elle le connût par cœur.

Si seulement Gareth était là ! Le bureau lui paraissait bien vide, autant que la maison qui l'accueillerait ce soir...

Pendant la maladie de son père, Gareth avait manifesté une grande sollicitude à son égard. Cependant, une fois le danger écarté, il avait estimé que tout allait de nouveau pour le mieux. S'il savait se ménager, déclarait-il, William Millar avait encore des années devant lui. Il aurait été très étonné en constatant que le départ de son père avait mis Angela au bord des larmes.

Il ne l'avait jamais vue pleurer, ce n'était pas son genre, pensait-il. C'était vrai en un certain sens, mais cela ne l'empêchait pas d'être parfois mélancolique. Si elle épousait Gareth, il ne serait plus question de feindre une éternelle gaieté. L'intimité du mariage révélait implacablement vos états d'âme et vos sentiments, et, à cette perspective, le cœur d'Angela se serra.

Pourquoi ne continueraient-ils pas à vivre ainsi pendant quelque temps encore ? Elle aimait bien Gareth, mais elle en avait aimé d'autres avant lui, et l'approche du jour fatidique faisait naître en elle une vague réticence... Le doute et la panique l'envahissaient, lui donnant envie de s'enfuir à toutes jambes.

Je dois être un peu dérangée, songea-t-elle. Nous nous entendons si bien... Si je lui dis que je ne veux plus me marier, jamais je ne pourrai continuer à travailler ici. L'atmosphère ne serait guère supportable. Elle contempla le siège vide de Gareth, et l'imagina recevant la nouvelle. Il n'avait pas trente ans, mais se prenait déjà très au sérieux. Pour lui, sa vie était toute tracée, alors que, pour Angela, l'avenir était aussi incertain que les nuages glissant dans le ciel sombre qu'elle entrevoyait par la fenêtre.

L'arrivée des clients pour la maison de l'avenue des Cèdres interrompit le fil de ses pensées.

— Quel temps épouvantable ! s'exclama la visiteuse.

Angela ne put qu'acquiescer, et sans plus tarder, tous trois s'engouffrèrent dans la voiture.

Lorsqu'ils pénétrèrent dans le pavillon, un réconfortant feu de bois les accueillit. C'était une charmante demeure, et le prix demandé était raisonnable. Immédiatement, vendeurs et acquéreurs semblèrent éprouver une sympathie réciproque. Angela jouait son rôle à la perfection, répondant avec précision à toutes les questions qu'on lui posait.

J'adore ce métier, décida-t-elle intérieurement. Que ferai-je, si je ne trouve pas une autre agence immobilière ? Le choix d'un emploi n'est pas si facile de nos jours.

Outre ces considérations, elle était bien payée. Allait-elle rester, et affronter la fureur de Gareth ? Elle n'avait nulle envie d'abandonner son travail, mais Gareth se déchaînerait probablement, en apprenant son refus de l'épouser.

Elle se rendit compte que ce refus était nécessaire. Le doute avait commencé à l'envahir il y avait à peine une heure ; à présent, elle était convaincue qu'ils étaient sur le point de commettre une erreur fatale.

C'était dommage, et elle en était désolée pour lui. Pourvu qu'il ne souffre pas trop ! Saurait-elle au moins se faire comprendre, se justifier ? Ce ne serait pas facile de s'expliquer, car elle-même ignorait encore pourquoi elle avait pris cette décision. Elle savait seulement qu'elle ne pourrait jamais l'épouser.

Matt, cependant, ne serait pas surpris. Rien de ce qu'elle faisait ne le surprenait jamais. Lorsque le père d'Angela avait décidé de vendre leur maison et de s'installer en Espagne, elle avait trouvé l'idée excellente.

Elle-même n'aurait qu'à louer un studio, en attendant de vivre avec Gareth.

— Il te faudra revenir pour mon mariage, avait-elle suggéré à son père.

Matthew, qui assistait à la conversation, avait déclaré :

— Si tu te maries, c'est moi qui te conduirai à l'autel.

— Tu... quoi ?

S'apercevant qu'il plaisantait, elle s'était mise à rire à son tour.

— Je te croirai lorsque tu auras la bague au doigt, avait décrété M. Millar, en la gratifiant d'un clin d'œil.

— Et toi Matthew, quand seras-tu décidé à me croire ? avait répliqué Angela.

— Pas pour l'instant...

Il ne la prenait jamais au sérieux. Elle aurait aimé l'étonner, si ce n'est l'éblouir par quelque action extraordinaire, mais il continuait à l'appeler Angel, et elle n'avait encore rien accompli de très palpitant.

Lorsqu'elle avait quitté son école de dessin, Matthew n'avait pas été surpris. Ses études artistiques l'amusaient beaucoup ; cependant à sa grande déception, elle avait très vite connu ses limites, et compris qu'elle ne serait jamais une artiste de talent. Ayant rapporté chez elle le tableau qui lui semblait le plus réussi, elle avait demandé pour la première fois à Matthew ce qu'il pensait de son œuvre.

— Pas grand-chose...

C'était bien ce qu'elle craignait. Dans la cuisine, elle avait saisi une tomate, et l'avait lancée violemment contre la toile. Le fruit s'était écrasé avec un bruit mouillé, libérant des rigoles de liquide rougeâtre.

— Par contre, tu vises bien, avait ironisé Matthew.

— Connais-tu un métier où je pourrais utiliser ce don ? Puisque je ne serai jamais un peintre célèbre...

— Si tu aimes peindre, ne te prive pas, mais...

— Ne t'imagine pas qu'on achètera tes œuvres, j'ai compris...

Il ne faisait que confirmer ce qu'elle savait déjà. Un jour pourtant, elle avait espéré qu'elle peindrait un tableau merveilleux que Matt voudrait acquérir à prix d'or. Elle exposerait dans des galeries réservées aux grands artistes, et son nom attirerait les foules. Mais rien de tout cela n'arriverait, il fallait se faire une raison.

— Zut ! s'était-elle écriée, en éclatant en sanglots.

Elle ne pouvait pas continuer à lancer des tomates, alors elle avait donné libre cours à ses larmes, consciente d'agir comme une enfant à qui l'on vient de dire que la fête est finie.

— Quelle perte de temps ! avait-elle gémi. Pourquoi ne l'ai-je pas compris plus tôt ?

Néanmoins, elle s'était consolée, avait quitté sur-le-champ l'école de dessin pour suivre un cours de commerce.

Après cela, elle avait exercé différents emplois, le dernier semblant le bon. Et voilà que cet après-midi, elle allait réaliser une vente. Les Saunders, le couple d'acheteurs, semblaient particulièrement séduits par la villa. Angela les ramena à l'agence, et ils lui promirent de se décider rapidement.

La fin de la journée arriva sans que Gareth donne signe de vie. Les employés étaient partis, et Angela n'avait pas l'intention de s'éterniser. Elle laissa un mot sur son bureau, expliquant que l'affaire était presque conclue, éteignit les lampes, et sortit.

La nuit était tombée, mais les rues étaient encore pleines de monde. Elle admira les vitrines décorées pour Noël, où des éclairages savamment disposés accrochaient les regards, et faisaient scintiller des guirlandes aux reflets argentés. On était en train de dresser un sapin au milieu de la place, et des enfants s'étaient groupés pour contempler le spectacle.

La jeune fille abandonna la ville et ses lumières, et s'enfonça dans la campagne pour rejoindre le village où elle habitait.

Elle avait passé toute sa vie dans la même maison, adossée contre une petite colline. A la fin du mois, elle devrait quitter cet endroit peuplé de souvenirs, et elle en éprouvait un petit pincement au cœur. Pourtant, elle avait elle-même réglé la vente de la propriété.

Son père ne touchait qu'une modeste retraite, et le capital que représentait la maison avec ses trois chambres et son grand séjour serait le bienvenu. Pour elle toute seule, Angela n'avait pas besoin d'une telle surface. Il lui suffirait d'un grand studio, plus facile à entretenir. Elle entra dans la demeure, et ne trouva que silence et obscurité. Pour tromper sa solitude, elle s'empressa d'allumer des lampes un peu partout. Elle se prépara rapidement un sandwich, et le mangea sans faim, assise à califourchon sur le bras d'un fauteuil. Elle terminait sa tasse de café, quand le téléphone sonna.

C'est sûrement Matthew ! pensa-t-elle en se précipitant pour répondre. En arrivant, elle avait regardé par la fenêtre du premier étage en direction de sa maison, pour voir si la maison du journaliste était éclairée. Tout était noir, cependant il avait pu rentrer sans qu'elle entende sa voiture.

Ce n'était pas lui, mais Gareth, et une grimace de contrariété lui échappa.

Il était satisfait, lui expliqua-t-il, que la villa de l'avenue des Cèdres plaise aux Saunders, et il espérait que son père était bien parti.

— Je serai là dans quelques minutes, ajouta-t-il. Nous irons dîner au pub.

Angela étouffa un bâillement : après le repas, il voudrait passer la soirée avec elle, et elle n'avait pas le courage de lui faire des aveux, ni de jouer les fiancées épanouies.

— Je viens juste d'avaler un gros sandwich, et je meurs d'envie de me coucher tôt. Ma journée m'a épuisée. A demain matin ! lança-t-elle, en raccrochant sans attendre la réponse.

Peut-être allait-il rappeler ? Ou venir quand même ? Après avoir soigneusement verrouillé la porte, elle éteignit les lumières et s'installa un moment devant le poêle.

Soudain, elle entendit la voiture de Matthew. Gravissant les escaliers quatre à quatre, elle se posta devant la fenêtre du palier, et attendit. Deux minutes passèrent, et, là-haut, à mi-chemin du sentier de la colline, les lumières de *Chapel House* s'allumèrent une à une.

Matt avait acheté la maison six ans auparavant, et l'habitait régulièrement lorsqu'il n'était pas en voyage. Angela avait grandi entre son père et l'ancien élève devenu journaliste, qui leur rendait des visites épisodiques.

M. Millar et sa fille ne manquaient jamais ses programmes à la télévision ; Angela lisait les livres et les articles qu'il publiait, même si elle n'y comprenait rien, et l'admiration qu'elle éprouvait pour lui ne connaissait pas de bornes.

Les camarades de sa classe avaient toutes des idoles parmi les chanteurs ou les vedettes de cinéma, et leurs goûts changeaient avec la mode. Mais l'idole d'Angela restait invariable : c'était Matthew Hanlon et personne d'autre. Ses visites étaient marquées en rouge sur son calendrier. Chaque fois, il apportait un cadeau à son intention : des poupées en costume national, des bijoux, de petites statuettes. Il faisait toujours preuve d'originalité, et n'offrait jamais deux fois la même chose, aussi elle l'attendait avec une grande impatience.

Au début, elle courait se jeter dans ses bras. Il la soulevait alors comme une plume et l'embrassait. Vers treize ans, elle avait cru bon de mettre fin à cette habitude, et se contentait de nouer ses bras autour de son cou, dès qu'il avait franchi le seuil.

Elle demandait à son père de lui lire les lettres qu'il recevait de Matt. Lorsqu'elle avait entendu : « il cherche une maison à vendre par ici », elle avait sauté de joie, et aussitôt suggéré :

— Pourquoi pas *Chapel House ?* La pancarte est toujours là.

La maison avait été autrefois une chapelle, puis un club pour les jeunes. Elle avait besoin d'être restaurée et transformée pour être habitable. Par courrier, Angela avait donné son opinion personnelle, expliquant qu'il pourrait l'arranger selon son goût.

Quand Matt avait téléphoné pour annoncer son arrivée, elle s'était bien gardée de le chanter sur tous les toits. Elle avait seize ans, et sa tante Ida considérait qu'il était grand temps que cessât son admiration pour un homme de onze ans son aîné. Les jeunes gens de son âge ne manquaient pas, la ville en était pleine.

Angela, qui n'avait jamais dissimulé ses sentiments, évita désormais le sujet. Cependant, cela ne l'empêcha pas de penser tout autant à Matt. Quand la voiture s'arrêta devant la maison ce soir-là, elle ne se précipita pas au-dehors, comme elle avait coutume de le faire.

Pour la première fois, elle était figée par la timidité. Son cœur battait à tout rompre, sa bouche était sèche, elle ne put qu'articuler faiblement :

— Bonjour.

— Bonjour, Angel, s'écria Matt. Tu deviens de plus en plus jolie.

Aussitôt, elle rayonna, comme si on venait de la parer de toutes les beautés de la terre... Elle sentit qu'elle était devenue une femme, et c'était peut-être pour cette raison qu'il avait choisi d'habiter dans son village.

Elle fut bientôt convaincue qu'elle avait deviné juste, que Matthew avait attendu qu'elle grandisse. Il vint souvent les voir pendant les travaux de restauration de *Chapel House*. Angela, qui allait encore à l'école, avait l'impression d'avoir un amoureux secret. Elle n'en souffla mot à personne, mais vécut avec la certitude que Matt l'aimait et qu'il transformait la vieille maison pour elle.

Il la consultait à tout propos. Son père et elle étudièrent avec soin les plans de l'architecte, qu'il leur avait apportés. Elle choisit les papiers des chambres, et les installations de la cuisine.

Tous les jours, elle prenait le sentier de la colline, pour suivre l'avancement des travaux. Elle imaginait déjà la maison telle qu'elle serait une fois terminée. Elle se voyait avec Matt, fermant portes et volets, afin de s'isoler du monde entier.

Elle acquit la certitude que leurs rapports avaient changé. Il la taquinait toujours et plaisantait avec elle, mais, lorsqu'il était sérieux, elle se sentait très proche de lui. Elle l'observait, s'émerveillait de son intelligence, de sa culture, de tout ce qu'il pourrait lui apprendre.

Elle rêvait d'être dans ses bras. Ne possédant aucune expérience, elle se serait pourtant abandonnée à Matthew aussi naturellement qu'une fleur s'ouvrant à la lumière du jour. Elle était sûre qu'une fois la maison terminée, il lui avouerait son amour et lui demanderait de l'épouser.

Lorsque des amis l'accompagnaient, — et c'était souvent des femmes, — Angela les accueillait sans arrière-pensée. Aucun doute ne l'effleurait, aucune jalousie ne troublait sa certitude. Le jour de ses dix-sept ans, lorsqu'il arriva en s'excusant de lui offrir un simple flacon de parfum — il se rendrait en ville le lendemain pour lui acheter quelque chose de spécial — elle eut la conviction qu'il s'agissait d'une bague.

Avec un groupe d'amis et quelques membres de la famille, ils allèrent dîner dans un cabaret pour célébrer l'événement. Quand Matt l'invita à danser, elle le regarda dans les yeux en souriant, et lui demanda :

— Quel genre de cadeau recevrai-je demain ?

— Qu'est-ce que tu aimerais ?

— Je vais y réfléchir.

Elle se laissait porter par la musique, et frissonnait chaque fois qu'il la touchait. Si seulement il l'attirait à lui, et l'embrassait sur la bouche à cette minute-même !... Elle en mourait d'envie.

— Si je pense à quelque chose dont j'ai envie par-dessus tout, puis-je te le dire ?

— Bien sûr.

Peut-être attendait-il qu'elle parle ? Elle ne lui avait jamais avoué qu'elle l'aimait, et le moment était sans doute venu. Cependant, avant qu'elle ait pu dire un mot, l'Oncle John s'interposa, réclamant une danse avec la reine de la soirée.

Lorsqu'Angela alla se coucher, sa tête tournait. Elle avait bu plusieurs coupes de champagne, et, tandis que les murs de sa chambre faisaient la ronde autour d'elle, elle s'allongea sur son lit, les yeux grands ouverts dans l'obscurité. Quelle merveilleuse soirée elle avait passée... Avant de monter, Matt l'avait embrassée, tout doucement, en lui caressant les cheveux.

Avec le souvenir de ses lèvres sur sa joue, elle se glissa voluptueusement entre ses draps. Le sommeil l'emporta rapidement, et elle dormit ainsi pendant deux ou trois heures. Soudain, elle s'éveilla brusquement, certaine d'avoir entendu un bruit. Retenant sa respiration, elle tendit l'oreille. Quelque part dans la maison, une fenêtre claqua. Angela poussa un soupir : c'était donc ça, et non un bruit de pas, comme elle l'espérait secrètement... comme dans son rêve favori, où Matt pénétrait silencieusement dans sa chambre.

Il était là cette nuit, dans la pièce voisine. Elle colla son oreille contre le mur, murmurant son nom. Se blottir dans ses bras, c'était tout ce qu'elle demandait. Alors, elle se leva, enfila le déshabillé bleu pâle qu'elle avait reçu pour ses dix-sept ans, et sortit de sa chambre.

Sur le palier, une lame de parquet craqua. La porte de la chambre de Matt s'ouvrit en grinçant, mais elle ne craignait rien ni personne, si grande était sa conviction d'agir en accord avec son destin.

La lune éclairait faiblement la pièce; Matt dormait, sa tête reposant sur son bras. Elle le trouva beau, ainsi abandonné dans son sommeil. Son épaule nue dépassait du drap, et elle eut envie d'y poser ses lèvres. Il était fort et merveilleux, elle l'avait toujours su... A cette minute, elle ignorait encore qu'il pouvait être cruel, et qu'elle s'était forgé des illusions.

Angela s'assit sur le lit. Matthew s'éveilla aussitôt, et la regarda sans comprendre.

— Mais... que fais-tu là?

Une onde de panique la submergea. Dans son rêve, les choses ne se déroulaient pas ainsi : il lui tendait les bras sans rien dire, à quoi auraient servi les mots? Elle balbutia d'une voix défaillante :

— Je... je t'aime.

— Certainement pas.

Cette affirmation était énoncée sur un ton sans réplique, cependant, elle protesta avec véhémence.

— Si! Je t'assure que si!

— Tu as trop bu de champagne, ce soir... Je suis beaucoup trop vieux pour toi.

— Seulement de quelques années. Je grandirai, ajouta-t-elle, à bout d'arguments.

Il se leva, et enfila tranquillement sa robe de chambre, tout en lui expliquant comme il l'aurait fait à une enfant :

— Tu grandiras, et moi, pendant ce temps-là, je vieillirai aussi. Tu seras toujours trop jeune, et moi toujours trop vieux. Allez, retourne dans ta chambre. Et pour l'amour du ciel, ne reste pas dans cette tenue!

Rouge de honte, elle s'aperçut alors que la ceinture de

son déshabillé avait glissé, et qu'elle lui offrait le spectacle d'une nudité presque totale. Serrant convulsivement les pans de son léger vêtement contre elle, elle s'enfuit en chancelant vers la porte, traversa le couloir comme si le diable était à ses trousses, et se réfugia dans sa chambre.

Là, elle s'effondra sur son lit, secouée de violents tremblements. Matt l'avait laissée partir sans un mot, et jamais elle n'oserait à nouveau le regarder en face...

Lorsque le jour se leva, elle crut ne pas avoir dormi du tout. Les bruits familiers de l'aube parvenaient à peine à son cerveau fatigué : quelques cris d'oiseaux, l'aboiement d'un chien dans le lointain, le grincement d'une porte de garage, le cliquetis des bouteilles de lait. Elle écoutait sans bouger, incapable de soulever sa tête douloureuse, quand, soudain, on frappa à la porte.

— Oui ? articula-t-elle d'une voix mourante.

— Une petite tasse de café ? proposa Matthew.

— Non merci.

Il ne tint pas compte de sa réponse et pénétra dans la pièce.

— Le réveil n'est pas trop dur ?

Il lui parlait comme si, la veille, elle s'était donnée en spectacle, mais sans que cela porte à conséquence ; une expression amusée flottait sur son visage. Il n'était visiblement ni choqué, ni embarrassé, et mettait ses déclarations sur le compte du champagne qu'elle avait absorbé.

— J'ai un horrible mal de tête, marmonna-t-elle.

— Cela ne m'étonne pas. Avale ça...

Il posa la tasse sur la table de nuit, et disparut avant qu'elle ait pu énoncer la moindre excuse pour les événements de la nuit passée. C'était peut-être mieux ainsi ; il paraissait avoir oublié, et elle-même pourrait prétendre la même chose.

— J'étais plutôt éméchée, cette nuit-là ! plaisanteraitelle dans quelque temps, lorsque l'évocation de cette pénible scène serait moins douloureuse.

Après tout, elle n'avait rien fait de très répréhensible. Elle lui avait seulement avoué son amour, et il ne l'avait même pas prise au sérieux.

Pour son anniversaire, il lui acheta un bracelet dans un magasin d'antiquités. C'était une chaînette en or toute simple. Angela l'avait elle-même choisie, mais elle la porta très peu dans les années qui suivirent. Le bijou lui rappelait trop cette fameuse nuit qu'elle préférait enfouir dans un coin de sa mémoire.

Matt avait parfaitement raison : il était bien trop vieux pour elle, et pas seulement en âge. Il était sans doute né raisonnable, dur et cynique. A cause de son intelligence hors du commun, ajoutée à son style de vie, l'abîme qui les séparait ne se comblerait jamais. A ses yeux, elle serait toujours une enfant, ne pouvant espérer que son amitié.

Quand *Chapel House* fut restaurée et aménagée, Matt s'y installa. Il vivait là six mois par an, passant généralement le reste du temps à l'étranger, pour son travail.

Pendant ses séjours au village, les Millar le voyaient souvent. En vieillissant, Angela tenta plusieurs fois de l'éblouir, ou de le surprendre.

Un jour, elle apparut dans une robe tout à fait excentrique. Matt s'étouffa presque de rire, et elle fit don de ce vêtement à la vente de charité paroissiale. Elle s'inventa ensuite une vie sentimentale aux multiples péripéties, mais, visiblement, il ne la crut pas. De toute façon, il rencontrait des personnages beaucoup plus passionnants que les habitants d'une petite ville, et savait tirer d'eux des révélations surprenantes.

Angela ne faisait pas partie de cette catégorie, aucun mystère ne l'entourait. Aujourd'hui, elle avait décidé de ne pas épouser Gareth, mais la nouvelle ne prendrait pas Matt au dépourvu. Il ferait une remarque du genre :

« tout changement est positif », sans demander plus d'explications.

Il est vrai que sa vie allait être bouleversée. Malgré ses nombreux amis et Matt, qui était presque un frère, elle s'ennuierait de son père. « Veille sur elle » avait demandé celui-ci à son ancien élève, et le journaliste lui obéirait.

Sur le palier du premier étage, Angela regardait toujours les lumières de *Chapel House*. Elle aimait bien savoir que Matt était chez lui. Affection et fierté étaient les seuls sentiments qu'elle s'autorisait aujourd'hui à son égard. Elle pouvait pleurer sur son épaule, il sècherait ses larmes. Mais sa vie était ailleurs, avec d'autres.

Son regard s'attardait sur la maison éclairée. Pourquoi n'avait-elle pas voulu de Gareth ? Hier encore, elle était tellement sûre qu'ils étaient faits l'un pour l'autre...

Lasse et malheureuse, elle parvint enfin à se convaincre qu'une bonne nuit de repos lui éclaircirait les idées.

2

Le courrier du matin augurait mal de la suite de la journée. Dans la boîte, Angela ne trouva qu'une lettre du directeur de sa banque qui la convoquait aimablement pour onze heures du matin. Depuis quelque temps, son compte était à découvert et M. Cooper devait se poser des questions. Elle allait s'excuser et lui promettre de faire plus attention à l'avenir.

Tout en écoutant les nouvelles à la radio, elle but sa tasse de café, et dressa une liste de tout ce qu'elle avait à faire aujourd'hui.

On frappa à la porte de la cuisine; elle reconnut aussitôt le coup sec et énergique de Matt.

— Entre ! cria-t-elle.

Il pénétra dans la pièce, avec sa démarche nonchalante habituelle.

— Bonjour, marmonna Angela la bouche pleine. Une tasse de café ?

— Non merci. Comment vas-tu ce matin ?

— Merveilleusement bien, ironisa-t-elle. En réalité, si tu veux tout savoir, j'ai le cafard.

— Ah...

Matt avait jeté un coup d'œil à la liste griffonnée à la hâte où le « rendez-vous à onze heures » était souligné.

Elle n'avait pas l'intention de lui parler de la banque, car il lui ferait un sermon sur ses dépenses excessives. Mieux valait essayer de lui faire croire à quelque important rendez-vous avec, pourquoi pas, un amoureux...

— Mais... tout changera peut-être au cours de la matinée ! annonça-t-elle d'un air mystérieux.

A sa grande déception, il ne montra aucune curiosité.

— Que fais-tu ce soir ? demanda-t-il.

— Rien de particulier.

— Je t'attends donc pour dîner, vers sept heures.

— D'accord. Je ne mangerai pas de la journée pour avoir très faim ce soir !

Matt était un excellent cordon-bleu, il ne s'en cachait pas.

— Parfait ! J'aime les invités qui font honneur à mes plats !

D'un geste paternel, il lui ébouriffa les cheveux puis s'en alla, la laissant pensive. Dans un mois, l'intimité qu'avait créée entre elle et Matt la proximité de leurs demeures respectives n'existerait plus. Elle n'habiterait plus à quelques mètres de chez lui, et n'aurait plus l'occasion d'accepter une invitation de dernière minute...

— Ma mère t'invite à dîner ce soir, déclara Gareth, une fois qu'ils eurent trié le courrier du matin.

Il était sur le point d'aller visiter une propriété, tandis qu'Angela examinait les annonces immobilières du journal local.

— C'est très gentil de sa part, mais j'ai déjà accepté de manger avec Matt. Il est chez lui en ce moment. Nous sommes voisins, ne l'oublie pas, ajouta-t-elle, en voyant une ombre de contrariété passer sur le visage de Gareth.

— Pas pour longtemps, précisa celui-ci sans dissimuler une certaine satisfaction. Ne crois-tu pas qu'en l'absence de ton père... ?

Qu'allait-il ajouter ? Qu'elle devrait se montrer plus

discrète avec ses amis dans le futur ? Ou bien souhaitait-il parler mariage ? Elle n'avait nulle envie d'aborder le sujet en ce moment, aussi s'empressa-t-elle de l'interrompre :

— Ce n'est pas en bavardant de cette façon que nous ferons avancer les affaires. Tu vas être en retard à ton rendez-vous.

Gareth saisit son attaché-case, tandis qu'Angela faisait mine de s'absorber dans la rédaction d'une lettre urgente. Elle se sentit soulagée lorsqu'il sortit. Elle était une secrétaire efficace, et pourrait facilement trouver un autre emploi si l'atmosphère, à l'agence, devenait intenable. Pourtant, elle n'avait pas envie de partir, ni de ne plus jamais revoir Gareth. Elle l'aimait bien, c'était l'idée du mariage qui la rebutait. Elle n'était pas prête, et devrait le lui annoncer avec ménagement. Pourvu qu'il comprenne !

Au moment où elle s'apprêtait à quitter son bureau pour se rendre à la banque, afin d'y rencontrer M. Cooper, le téléphone sonna. C'était Jenny, la jeune femme qui tenait la boutique de cadeaux, voisine de l'agence. Elle voulait savoir si Angela déjeunerait avec elle, comme d'habitude, car elle avait quelque chose à lui dire.

— Oui, lui répondit celle-ci, je serai là à une heure.

Elle arriva à son rendez-vous avec deux minutes d'avance, et l'entretien s'avéra moins sérieux qu'elle ne le craignait. La somme qui manquait à son compte était peu importante, et elle s'excusa, expliquant qu'elle avait mal fait ses calculs. M. Cooper lui assura que la banque était toujours prête à discuter des problèmes financiers de ses clients, et ils se quittèrent sur une poignée de mains tout à fait cordiale.

A une heure, elle s'assit en face de Jenny, dans la petite cafétéria où elles avaient coutume de prendre leur repas. Pensant à son dîner chez Matt, Angela choisit un sandwich léger à la salade.

La salle presque vide était décorée de façon à ressembler à un jardin intérieur. Les tables et les chaises étaient laquées en blanc, les plantes artificielles grimpaient sur les murs passés à la chaux. L'été, on ouvrait les portes-fenêtres donnant sur un véritable jardin, où poussaient des fleurs et des buissons que l'hiver avait dénudés.

Jenny avait laissé son assiette de potage refroidir sans y toucher. Son visage s'éclaira à l'arrivée d'Angela.

— Oh, je suis contente que tu sois venue !

— Que se passe-t-il ?

— J'ai un problème.

— Mais encore ?

— Je crois que je suis enceinte, souffla l'autre d'une voix à peine audible.

— Et... et que comptes-tu faire ? demanda Angela sur un ton soucieux.

Jenny haussa les épaules. Elle était plus ou moins fiancée à un étudiant de deuxième année d'Ecole de Commerce.

— Qu'en pense Jimmy ? questionna encore Angela.

— Je ne lui ai rien confié. Ni à lui, ni à personne. J'ai appris le résultat ce matin... Imagines-tu comment vont réagir mes parents ?

La mère de Jenny était propriétaire du magasin de cadeaux où travaillait sa fille. C'était une femme qui exagérait le moindre incident, et le transformait en drame. Quant à son père, il était austère et plein de préjugés. Jenny ajouta tout bas :

— J'envisage une intervention, sans en parler à personne...

Angela fut envahie d'une vague de pitié : ce n'était pas facile pour une jeune femme d'affronter seule ce genre de difficulté. Pourquoi ne pas mettre Jimmy au courant ? Il était le premier intéressé.

— Tu veux dire... pas même à Jimmy ?

— Il lui reste encore un an d'études, avant de trouver du travail.

— Tes parents ont les moyens de vous aider...

— Tu crois ?

— Il faut les informer ainsi que Jimmy, avant de prendre une décision que tu pourrais regretter.

— Tu as sans doute raison, soupira Jenny. Quelle chance tu as d'avoir un avenir tout tracé !

— Pas autant que tu le penses, murmura Angela sans donner davantage de précisions.

A deux heures, les jeunes filles se quittèrent, mais Angela demeura préoccupée par les soucis de son amie tout l'après-midi.

— Votre future belle-mère est au téléphone, lui cria Mme Sims, alors qu'elle était perdue dans ses pensées. Elle veut vous parler.

Angela prit le récepteur sans conviction.

— Je vous attends ce soir, n'est-ce pas, ma chérie ? déclara la voix légèrement pointue de Mme Briers.

— C'est très gentil de votre part, mais j'ai déjà promis de dîner chez un voisin, je ne peux pas me décommander. Je dois sortir à présent. A plus tard, s'empressa-t-elle d'ajouter, avant que son interlocutrice ne lui réclame de plus amples explications.

Elle n'avait pas l'intention de manquer une occasion de passer la soirée à *Chapel House*. C'était un peu sa maison, maintenant que la sienne était sur le point d'appartenir à quelqu'un d'autre. Pourtant, elle devait s'efforcer de montrer un peu d'enthousiasme pour le studio que Gareth lui avait trouvé.

Afin de s'habituer à l'idée de déménager, elle décida de le visiter une fois de plus.

Il était très bien situé, juste au-dessus d'une boutique de fleurs, au centre de la ville, à quelques minutes à pied de l'agence. Il y aurait peu de ménage à faire, et pas de jardin à entretenir. Meublé par ses soins, il serait complètement transformé, se répétait-elle pour se convaincre.

Elle grimpa quatre à quatre l'étroit escalier, et ouvrit la porte qui donnait directement dans la pièce où elle allait vivre, prendre ses repas et dormir. Une minuscule salle de bains était séparée par une cloison, mais la grande pièce était aussi neutre qu'une salle d'attente.

L'électricité n'était pas branchée, cependant un réverbère placé devant la fenêtre projetait une lumière orangée sur les murs au papier fané, et sur le linoléum usé par une longue série de locataires. Elle n'aurait pas besoin de lampes, pensa-t-elle avec une ironie amère, l'éclairage de la rue lui suffirait amplement. Elle devrait prévoir d'épais rideaux si elle voulait dormir. La fenêtre donnait sur une grande avenue, où régnait une incessante animation : le spectacle serait permanent, les voitures passant jour et nuit. *Chapel House* était à des kilomètres de là, et Matt ne s'arrêterait pas en chemin pour monter lui dire bonjour. Elle n'aurait pas le téléphone : c'était quelquefois suffisant pour perdre ses amis.

Elle aurait dû trouver quelque chose au village. En cherchant bien, elle aurait déniché un logement à son goût. Cependant, un acquéreur pour sa maison s'était très vite présenté, et, quelques jours après, ce studio, qui recevait l'approbation de tous, s'était libéré.

— Mais je le déteste ! s'entendit-elle crier d'une voix perçante qui la surprit, comme si une autre avait parlé à sa place.

C'était la première fois qu'elle l'admettait comme une évidence. Elle n'avait jamais été vraiment séduite, mais avait tenté de se persuader qu'une fois décoré selon ses goûts, il serait acceptable. A présent, la perspective de rentrer dans cette pièce tous les soirs lui faisait horreur. Personne, après tout, ne l'obligeait à habiter ici.

Si elle changeait d'avis, l'agence trouverait un autre locataire immédiatement. Sa décision était prise : elle ne *pouvait* pas quitter le village. Que deviendrait-elle sans les champs, les collines, les arbres qui l'entouraient depuis son enfance ?

Elle tourna la clé dans la serrure, et dévala l'escalier, le cœur léger. Demain, elle commencerait à prospecter dans le village.

Ayant en partie résolu son problème, elle pensa à Jenny. Ses parents étaient rétrogrades, un peu comme sa tante Ida. Ils n'accepteraient pas la nouvelle de gaieté de cœur. Jenny se préparait des moments difficiles.

Angela arriva à temps chez elle pour se changer avant l'heure du dîner. Elle quitta son tailleur bleu pour un pantalon de soie lavande, et une blouse assortie. Il lui fallait une tenue qui fasse honneur aux talents culinaires de Matt.

Lui-même porterait certainement un de ses gros pull-overs confortables, et un pantalon de velours. Qu'il soit en smoking ou en vêtements de sport, il était toujours d'une élégance folle.

Angela enfila son gros manteau d'hiver. La nuit était très froide ; quelques étoiles brillaient dans le ciel pur. Marchant d'un pas vif, elle longea les maisonnettes qui bordaient le sentier, avec leurs jardins presque identiques, et atteignit *Chapel House* sans avoir rencontré personne.

La grande maison était bâtie à mi-chemin de la colline, entourée de quelques bouquets d'arbres. La plupart des fenêtres étaient éclairées, et avaient un air de fête qu'Angela aimait particulièrement.

Elle frappa avec le heurtoir de bronze, et entra sans attendre la réponse.

— Je suis là ! lança-t-elle gaiement.

Une vaste pièce occupait le rez-de-chaussée. Les hauts plafonds, les grandes fenêtres cintrées, et les épais tapis de couleur miel, jetés sur le carrelage rustique créaient une atmosphère douillette et confortable. Un feu de bois crépitait dans la cheminée qu'entouraient deux gros canapés modernes, tandis que des meubles et des bibelots anciens étaient disposés dans le salon, d'une façon très harmonieuse.

Le bureau de Matt était jonché de papiers, signifiant qu'il venait de travailler.

— Rejoins-moi dans la cuisine, lui cria-t-il, depuis l'autre extrémité de la pièce. C'est parfait, tu es à l'heure.

— Quelle bonne odeur ! s'exclama-t-elle, en lui obéissant.

Matt, un tablier noué autour de la taille, s'affairait devant la cuisinière. La table était mise pour deux, le pain de campagne déjà coupé, et la bouteille de vin rouge ouverte. Après avoir ôté son tablier, Matt remplit deux verres et alla accrocher le manteau d'Angela dans la penderie.

— Tu es très en beauté ce soir, remarqua-t-il.

— Merci.

Il ne lui avait jamais dit qu'elle était belle. En vérité, elle ne l'était pas, bien que d'autres hommes le lui aient affirmé. Les yeux gris de Matt étaient objectifs : son ensemble lavande mettait sa silhouette en valeur, c'était tout.

Pour penser à autre chose, elle s'assit devant son assiette, et découpa un gros morceau de pâté.

— Je peux ? Je meurs de faim ! J'ai tenu bon à l'heure du déjeuner, et n'ai pris qu'un minuscule sandwich. C'est toi qui a fabriqué ce pâté ? demanda-t-elle la bouche pleine. Il est délicieux.

— Non, je l'ai acheté, répondit-il en se servant. Garde un peu de place pour la suite.

— Tu as passé ton après-midi devant tes fourneaux ?

— Une demi-heure seulement. J'ai fait des recherches, expliqua-t-il, en montrant son bureau d'un signe de tête.

— Sur un sujet passionnant ?

Il se leva, se dirigea vers l'amoncellement de papiers

qui couvrait sa table de travail, et revint avec une photographie d'un homme aux cheveux blancs, et au visage bienveillant.

— Ce n'est pas le père Noël, par hasard ?

— Pas exactement, avoua Matt en riant.

— Qui est-ce, alors ?

— Tu ne le connais pas.

— Très bien. Ravie de vous voir, M. X., déclara-t-elle en souriant à la photo. Je suis certaine d'entendre bientôt parler de vous dans les journaux.

Néanmoins si le vieil homme aux cheveux de neige avait quelque chose à cacher, mieux valait qu'il ne se trouve pas sur le chemin du journaliste. Personne ne savait découvrir la vérité mieux que Matthew Hanlon. Quelquefois, il faisait valoir la bonté ou l'intelligence d'un individu, et il était réconfortant d'appprendre que des saints ou des héros existaient encore. Le plus souvent, il révélait cependant un vice ou un scandale, et, dans ce cas, il se montrait féroce et impitoyable. Angela avait vu des hommes s'effondrer devant ses questions. Il était presque impossible de lui dissimuler un secret.

— Et toi, as-tu vendu beaucoup de maisons aujourd'hui ? s'enquit-il.

— J'ai passé la plus grande partie de ma journée à mon bureau, pour examiner les nouveautés. Demain, il y aura un studio de plus à louer : celui que je me proposais d'habiter. J'ai décidé que je n'en voulais plus.

Matt ne fit aucun commentaire, attendant de plus amples explications. Angela ne savait plus, tout à coup, si elle parviendrait à exprimer ses arguments. Elle posa son verre de vin, et se mit à parler, en s'aidant avec des gestes de la main.

— Il est trop... Oh, je sais seulement que je n'en veux pas. Je suis allée le revoir ce soir, et je me suis rendu compte que je n'avais jamais habité la ville. J'aime les

34

coins tranquilles, je ne pourrai pas dormir là-bas. Je vais donc chercher une chambre par ici.

— Tu trouveras facilement.

— Je l'espère. J'en parlerai à la poste, demain matin. L'employé affichera une petite annonce sur le comptoir.

Matt ouvrit la porte du four et en sortit une terrine. Il avait préparé un bœuf Strogonoff, avec du riz et une salade. Alors qu'il ajoutait une cuillerée de crème fraîche à la sauce, le téléphone sonna.

— Veux-tu que je réponde ? proposa Angela.

— Si cela ne t'ennuie pas.

Elle décrocha le récepteur, et entendit une voix féminine aux accents autoritaires.

— Je voudrais parler à Matthew Hanlon... Mais, qui est à l'appareil ?

— Angela Millar. C'est de la part de qui ?

— Ah, c'est vous, Angela ! Je n'avais pas reconnu votre voix. C'est Sonia Adams.

L'interlocutrice paraissait soulagée.

— C'est pour toi, cria Angela en songant, qu'évidemment l'appel ne pouvait être destiné à un autre que Matt. C'est Cléopatre, précisa-t-elle.

Sonia Adams était très excentrique, ce qui lui avait valu son surnom. Ses cheveux noirs de jais coupés au carré tombaient sur ses épaules, et une épaisse frange couvrait ses sourcils. Elle était fort intelligente, écrivait des livres à succès, et, au cours de ses rares rencontres avec Angela, avait traité cette dernière comme si elle était simple d'esprit.

Matt, au contraire, avait toutes ses faveurs. Tandis qu'il se dirigeait vers le téléphone, Angela se fit une promesse : si elle lui annonce qu'elle vient dîner, je verse de la mort-aux-rats dans le bœuf Strogonoff avant de partir.

Elle-même serait d'ailleurs poliment congédiée, si Sonia était là. Sonia était une amie « intime » de Matt ; à ses yeux, la petite Angela ne représentait aucun danger. Pour se donner du courage, elle but une longue gorgée de vin.

Matt parlait peu, mais sa voix lui parvenait avec des inflexions chaudes et vibrantes. Il se mit à rire. Etait-ce d'elle qu'ils se moquaient ? Non, elle exagérait certainement... Nerveusement, elle se leva et voulut prendre la terrine pour la poser sur la table. Un hurlement lui échappa : elle s'était brûlé les doigts.

D'un bond, Matt fut auprès d'elle. Des larmes de douleur coulaient sur les joues de la jeune fille, et elle tenait ses doigts écartés comme des griffes, en répétant :

— Ne me touche pas ! Cela me fait trop mal !

Il ouvrit le robinet d'eau froide, et la poussa vers l'évier. Peu à peu, au contact de l'eau glacée, la douleur s'engourdit. Elle entendit la voix de Matt dans la pièce voisine :

— Angela s'est brûlée, je te rappellerai.

Puis il raccrocha.

Des petites taches roses légèrement boursouflées s'étaient formées au bout des doigts d'Angela, et Matt les examina.

— J'ai eu tellement mal que je les ai crus carbonisés, gémit-elle.

— Je sais, c'est très douloureux.

Ses yeux étaient encore pleins de larmes. En reniflant, elle balbutia :

— Pourrais-tu m'essuyer, s'il te plaît ?

Il alla chercher une boîte de mouchoirs en papier, et lui tamponna doucement le visage. Angela serra les dents pour ne pas se mettre à pleurer de nouveau. Ce n'était pas à cause de la souffrance, mais pour que Matt continue à s'occuper d'elle indéfiniment.

— Je peux rester sous ton robinet ? demanda-t-elle en hoquetant. Je n'ose pas retirer mes doigts, à moins que je les enferme au congélateur.

36

Matt les enduisit d'une pommade calmante, et dix minutes plus tard, elle réussit à avaler son dîner. Le téléphone sonna de nouveau. C'était Sonia.

— Tout va bien, expliqua-t-il. La maison n'a pas pris feu. Elle a voulu prendre une terrine dans le four... Non, je ne sais pas pourquoi elle ne l'a pas fait, ajouta-t-il, après un silence. Je vais lui poser la question.

— Quelle question ? cria Angela de la cuisine.

— Sonia se demande pourquoi tu n'as pas utilisé un gant en amiante ?

— Dis à ton amie que je suis l'idiote du village. C'est ce qu'elle a toujours pensé.

— Elle tentait une expérience, expliqua Matt en riant. Bonsoir Sonia.

Tout à coup, Angela sentit sa fatigue s'envoler, et toute sa bonne humeur lui revint. Quel délicieux repas Matt lui avait préparé ! Elle osa un peu d'humour :

— Sonia est sans doute géniale, mais elle a confondu un taureau et une vache, dans le champ des Bassett.

Une expression amusée se peignit sur le visage de son compagnon. L'été dernier, Sonia était venue passer quelques jours à *Chapel House*. Partie pour une promenade, on l'avait retrouvée perchée dans un arbre, sous l'œil farouche du taureau des Bassett.

— Elle est myope, objecta-t-il gravement.

— C'est sans doute à force de se pencher sur ses dictionnaires... Je ne connais pas la moitié des mots qu'elle emploie.

— Tu lis ses livres ?

C'était la première fois qu'il lui posait cette question ; ils n'avaient jamais parlé de Sonia auparavant.

— Non, répondit-elle honnêtement. Parfois, à la bibliothèque, j'en prends un sur une étagère, j'en parcours une demi-page, et je le range.

Il n'avait pas de mal à la croire. Il sourit, comme si elle avait fait un mot d'enfant, et elle remarqua :

— Tu rencontres des tas de gens intelligents, n'est-ce pas ?

— Je n'arrête pas...

Il se moquait d'elle, mais peu lui importait. Elle aimait bien l'amuser, et n'espérait jamais qu'il allait la prendre au sérieux.

Après le dîner, Matt retourna à son travail. Angela ne s'en offensa pas, au contraire. Ils étaient bien tous les deux. Elle pouvait rester aussi longtemps qu'elle le désirait, blottie dans le grand sofa moelleux, à regarder les flammes danser dans la cheminée, ou à lire les journaux, en buvant du café. Ses pieds ramenés sous elle, le visage empourpré par la chaleur du feu, elle levait de temps en temps les yeux vers son compagnon, dont la tête bouclée était penchée sur des documents.

Parfois, il rejetait une mèche qui lui tombait sur le front, et Angela songeait : Sonia lui aurait parlé, et il lui aurait expliqué ses recherches dans le détail, certain d'être compris, ou de recevoir quelque remarque pertinente.

Il tapait à la machine avec deux doigts, et, sans ses brûlures, elle aurait pu l'aider. Mais il aurait probablement refusé ; elle le lui avait déjà proposé une fois, alors qu'elle venait de terminer un cours de secrétariat. Il l'avait remerciée, en ajoutant qu'il préférait le faire lui-même.

Si Sonia était là, pensa encore la jeune fille, elle s'approcherait, et lui caresserait les cheveux. Ils paraissaient souples et brillants, et Angela se demanda quelle sensation ils provoqueraient sur ses doigts douloureux. Ce serait peut-être très doux, comme la main qui avait séché ses larmes... Il est temps de rentrer, décida-t-elle brusquement.

Elle avait passé une bonne soirée, c'était gentil de l'avoir invitée, sans doute à cause du départ de son père. Cela ne se reproduirait peut-être pas de sitôt.

Matt avait cessé de taper. Dans le silence de la pièce, elle soupira tout haut. Il se tourna vers elle, puis se leva pour remplir sa tasse.

— Quand repars-tu ? demanda-t-elle.

— Samedi.

On était jeudi. Il était toujours sur le point de partir. Un soupir lui échappa de nouveau.

— Qu'est-ce que cela signifie ? interrogea-t-il.

Il allait lui manquer, mais elle ne voulait surtout pas l'admettre. Elle rougit et pencha son visage vers les flammes, pour dissimuler son embarras.

— A propos, comment s'est passé ton rendez-vous à onze heures ? As-tu reçu *la* grande nouvelle qui va transformer ta vie ?

Rien ne lui échappait, elle aurait dû s'en douter.

— C'était le directeur de ma banque, mon compte était à découvert. De quelques livres seulement, rien de grave. Il voulait seulement me le faire remarquer. Je... je n'ai pas de vrais problèmes, à côté de certains, ajouta-t-elle mal à l'aise.

— Tu penses à quelqu'un en particulier ?

Il ne connaissais pas Jenny, et si elle prenait garde de ne mentionner aucun nom, pourquoi ne lui rapporterait-elle pas les ennuis de son amie ?

— A l'une de mes amies. Elle m'a appris qu'elle était enceinte, et ne pouvait pas se marier tout de suite. Sa famille est très respectable, et vit selon des idées parfaitement démodées. Ses parents seront plus scandalisés que ravis, en apprenant la nouvelle.

— Qu'envisage-t-elle de faire ?

— Elle n'est pas encore décidée. Sa certitude date de ce matin.

Elle poussa un nouveau soupir en pensant à Jenny, et s'aperçut que Matt l'observait avec le plus profond sérieux. Il croyait qu'elle parlait d'elle-même ! Que son rendez-vous de la matinée était avec le médecin !

— Il ne s'agit pas de *moi !* protesta-t-elle.

— Bien sûr que non. Comment a réagi le père de l'enfant ?

— Il n'est pas au courant.

— Ce n'est pas un homme très perspicace.

— Peut-être, ce n'est pas le premier, en tout cas.

— Certes. Etait-ce volontaire ou accidentel ?

— Accidentel, je suppose. Sinon, elle ne serait pas dans un tel état.

Elle aurait mieux fait de se taire. Le sujet prenait une tournure intime qui la remplissait de confusion.

— Ce n'est pas ton problème, ni le mien d'ailleurs ; alors parlons d'autre chose, s'empressa-t-elle de suggérer.

— Non, c'est important.

Visiblement, il était sûr qu'il s'agissait d'Angela, et elle se demanda quels conseils il allait lui donner. Et si elle l'écoutait ? Après tout, elle pourrait toujours mettre les choses au point avant de partir, lui jurer qu'elle parlait d'une amie.

— Veut-elle garder le bébé ? demanda-t-il.

Elle acquiesça, en évitant son regard.

— Et il n'est pas question de mariage pour l'instant ?

— Non.

C'était vrai, Jimmy était encore étudiant.

— Ton père n'est pas au courant ?

Au moment où elle allait protester : « sincèrement, ce n'est pas moi », Matt intervint :

— Lorsque ton père m'a demandé de veiller sur toi, je ne m'attendais certes pas à cela.

Angela comprit alors que, pour la première fois de sa vie, elle avait réussi à ébranler cet homme toujours maître de ses émotions. Voilà qu'il la considérait enfin comme une adulte, confrontée à un problème d'adulte. Elle *devait* savoir la suite.

— D'accord, si tu insistes, faisons donc comme si c'était moi. Que proposes-tu ?

— Voudrais-tu garder l'enfant ?

— C'est une solution raisonnable, à ton avis ?

— Réponds à ma question.

— Alors... oui.

— Et tu refuses d'épouser Gareth ?

— Si tel était le cas, est-ce que tu m'aiderais ?

— Bien sûr, affirma-t-il sans une hésitation.

Angela commençait à s'indigner de le voir accepter si rapidement l'idée qu'elle avait agi en irresponsable. Et si elle lui lançait : « Tu ne comprends rien au comportement d'autrui, malgré la réputation qui t'entoure. Je ne suis pas enceinte, je ne pourrais même pas l'être, puisqu'un homme ne m'a jamais approchée de cette façon... » Mais elle n'oserait jamais lui avouer tout cela.

— Ton emploi, à présent. Souhaites-tu rester à l'agence ?

— La situation serait sans doute un peu délicate.

— Alors, il vaut mieux que tu travailles pour moi.

— Que... que dis-tu ? balbutia-t-elle, abasourdie.

— Tu es sténodactylo, si je ne me trompe pas ?

— Exact.

— Eh bien, me voici nanti d'une secrétaire !

Il n'en avait jamais eu. Probablement la congédierait-il, lorsqu'il découvrirait qu'elle n'avait pas besoin de son aide. A moins qu'entre-temps, elle ne se rende indispensable. Elle ne s'appelait peut-être pas Sonia Adams, cependant elle était loin d'être complètement idiote.

— Ce serait encore mieux si tu venais vivre ici.

— Quoi ? articula-t-elle, cette fois, au comble de l'ahurissement.

— Ta maison est vendue, tu refuses le studio, et il y a ici toute la place nécessaire.

Il avait déjà tout prévu. En moins d'une minute, il lui avait improvisé un nouvel emploi, et s'apprêtait à l'installer sous son propre toit ! Elle croyait rêver ! Elle qui désirait depuis toujours habiter dans cette maison...

Chapel House comprenait quatre chambres, et, si elle devenait la secrétaire de Matt, chacun pourrait considérer son installation comme un arrangement professionnel. Leur cohabitation serait tout à fait platonique, mais Sonia Adams le comprendrait-elle?

Angela réprima difficilement une grimace, en pensant à cette dernière. Ce serait une innocente façon de se venger de la commisération qu'elle lui inspirait.

— C'est très gentil de ta part, murmura-t-elle, masquant sa jubilation de son mieux.

— Ne t'imagine pas que j'agis de gaieté de cœur... Je dois beaucoup à ton père, et voilà peut-être le moyen de le remercier pour tout ce qu'il a fait pour moi.

— Tu lui dois donc tant?

— Et comment! J'étais orphelin; il a été le premier à me considérer autrement que comme un petit garçon bagarreur. Il m'a tout appris. Sans lui, je n'aurais jamais obtenu cette bourse, et tout est parti de là.

— Tu l'as payé au centuple, assura-t-elle un peu tristement, car elle aurait aimé qu'il pense à elle, plutôt qu'à son père. Il a toujours été tellement fier de toi!

— De toi aussi.

Bien sûr, elle n'ignorait pas que son père l'aimait plus que tout, mais elle ne le croyait pas particulièrement fier d'elle, car elle n'avait jamais brillé dans un quelconque domaine.

— Qui d'autre est au courant? demanda Matt.

— Personne.

— C'est mieux. Tu l'apprendras à ta famille, lorsque tu les verras.

C'était le moment de lui avouer la vérité : je cherche un logement et un autre emploi, mais je ne suis pas enceinte ; je n'ai donc pas vraiment besoin d'être protégée. Il maintiendrait peut-être son offre. Ou peut-être pas.

Elle hésita une fraction de seconde avant de parler, mais il ne lui en laissa pas le temps.

— Tu peux emménager quand tu veux.

— Merci, marmonna-t-elle, en saisissant sa tasse de café afin de se donner une contenance.

Le téléphone sonna. Je parie que c'est Sonia, pensa Angela, Matt a raccroché un peu trop vite la dernière fois, alors elle le rappelle. Eh bien, il pourra ainsi lui annoncer la nouvelle.

— Ah, Briers! s'écria-t-il. Vous êtes justement l'homme à qui je voulais parler.

Gareth? Elle faillit lâcher sa tasse. C'était *Gareth*... Matt allait lui demander ce qu'il comptait faire au sujet du bébé d'Angela...

3

— Attends ! hurla Angela. Laisse-moi lui dire un mot,
s'il te plaît.

Elle traversa la pièce en courant, et saisit vivement le
téléphone que Matt lui tendait. Il paraissait surpris de sa
précipitation. Elle se détourna, le récepteur collé à sa
bouche.

— Gareth, c'est toi ?

— C'est moi, fit une voix à la fois vexée et soupçon-
neuse. De quoi ton ami veut-il me parler ?

— Je t'expliquerai demain matin.

— Pourquoi pas tout de suite ?

Parce que les yeux de Matt sont posés sur ma nuque,
pensa-t-elle, et que cela me rend muette.

Comme il ne recevait pas de réponse, Gareth insista :

— J'ai téléphoné chez toi pour te souhaiter une bonne
nuit. Je te croyais rentrée. As-tu l'intention de dormir à
Chapel House ?

— J'allais justement m'en aller. Alors, bonsoir et à
demain matin.

Elle raccrocha. Elle n'avait été ni très adroite ni très
délicate, mais elle ne souhaitait pas discuter avec Gareth
ce soir.

Matt se taisait. Lentement, elle releva la tête, mais,

incapable de le regarder en face, elle baissa de nouveau le nez, et constata à sa grande surprise que son pantalon de soie était maculé de café.

— Il me semble que j'attire les catastrophes, ce soir, remarqua-t-elle avec un petit rire contraint.

— Pas seulement ce soir, lâcha-t-il sèchement.

Elle rougit en comprenant l'allusion. Tout cela est faux, aurait-elle dû protester, cependant, au lieu de cela, elle murmura :

— Je m'en vais.

— Tu ne peux sortir dans cet état. Inutile que tu attrapes froid, par-dessus le marché. Déshabille-toi, je vais te prêter quelque chose.

Docilement, elle se dirigea vers la salle de bains, où elle se débarrassa de ses vêtements mouillés, espérant que les taches ne résisteraient pas au lavage. La porte s'ouvrit, mais Matt n'entra pas. Il lui lança un pull-over, et une paire de chaussettes.

Angela avait un corps mince et bien proportionné, de longues jambes, et une petite poitrine ronde et ferme. Elle enfila le chandail de cashmere beige qui lui arrivait à mi-cuisses. Le bout des manches dépassait d'une bonne dizaine de centimètres. Elle sourit toute seule, en s'asseyant sur le rebord de la baignoire pour enfiler les chaussettes. Celles-ci lui montaient au-dessus du genou, et la pointe pendait au bout de son pied. Elle sortit de la salle de bains en pouffant de rire.

— Qu'en penses-tu, Matt ?

— Il paraît que l'hiver sera très rigoureux...

S'apercevant que ses propos étaient à double sens, il ajouta gentiment :

— Tout ira bien, ne t'en fais pas, Angel.

Il se montrait prévenant, s'imaginant que des moments difficiles l'attendaient. Angela avait conscience de le mystifier, mais, après tout, se dit-elle, il a besoin d'une secrétaire, et moi d'un emploi. Il va être surpris de la chance qu'il a de m'avoir trouvée.

— Je ne sais pas si je vais garder les chaussettes, annonça-t-elle. Je ne pourrai pas enfiler mes chaussures.

Matt la raccompagna chez elle. Tout le village dormait, seules quelques fenêtres étaient éclairées çà et là. Parfois, un cri d'animal rompait le silence, tandis qu'ils descendaient le sentier.

Au loin, ils entendirent le téléphone sonner à *Chapel House*. Instinctivement, Matt se retourna, puis haussa les épaules en poursuivant son chemin. Même s'il courait comme un fou, on aurait sans doute raccroché avant qu'il atteigne l'appareil.

Ils ne parlaient pas, se contentant de marcher côte à côte sans se presser. Angela songea soudain que Gareth pouvait appeler de nouveau.

— Matt, pria-t-elle, en posant la main sur son bras. Si Gareth rappelle, peux-tu laisser sonner sans répondre ?

— Et comment devinerai-je qu'il s'agit de lui ?

— C'est vrai, je n'y avais pas pensé, admit-elle. Mais, s'il te plaît, ne lui dis rien. Je préfère m'en charger.

Ils arrivaient à sa porte, et elle murmura :

— Bonne nuit, Matt, et merci.

— Bonne nuit, Angel. Repose-toi bien.

Une fois seule à l'intérieur, une vague d'euphorie l'envahit. Elle allait vivre à *Chapel House* et travailler avec Matt ! C'était presque impossible à croire. De joie, elle esquissa un petit pas de danse autour de la table de la cuisine.

Puis elle monta dans sa chambre, et s'amusa à se faire des grimaces dans son miroir ovale. Enfin, elle se déshabilla, enduisit ses mains d'une crème désinfectante, et enfila une paire de gants de coton pour les protéger.

Allongée dans l'obscurité, elle contempla les branches noires du cytise qui, par instants, venaient griffer les carreaux de sa fenêtre. Toute sa vie, elle s'était endormie dans cette pièce ; à partir de demain, elle s'assoupirait sous le même toit que Matt...

A moitié consciente, elle attrapa le chandail de cashmere qu'elle glissa sous sa tête. Il sentait bon, et grattait un peu... elle sombra dans le sommeil, le visage enfoui dans le pull-over.

Elle s'éveilla dans la même position. Ouvrant les yeux sur la lumière grise du matin, elle s'aperçut que l'euphorie de la veille s'était envolée. Elle s'assit, les épaules glacées, et les failles de sa merveilleuse destinée lui apparurent claires et nettes.

Matt détestait les hypocrites. Il serait furieux en apprenant qu'elle l'avait trompé. Il fallait envisager une confession, mais elle allait d'abord s'installer à *Chapel House*. Vivre dangereusement serait désormais sa devise, décida-t-elle, en secouant le chandail froissé. Elle n'avait jamais vu Matt en colère, cependant il lui était parfois apparu froid et impitoyable sur l'écran de télévision. Il pouvait être dangereux, elle ne l'ignorait pas. Mieux valait écarter cette pensée de son esprit, pour le moment.

Ses doigts n'étaient pas en trop mauvais état, et elle parvint à conduire sa voiture. Elle connaissait par cœur le chemin pour se rendre à l'agence ; ce matin-là, elle n'avait pourtant pas vraiment hâte d'arriver à destination. Gareth allait demander des explications qui ne seraient pas faciles à donner.

Elle se sentait coupable à son égard. A l'égard de Matt, également... Sa conscience fonctionnait décidément à l'excès, aujourd'hui. Elle n'avait toutefois pas le droit d'abandonner Gareth du jour au lendemain, elle devrait attendre qu'il ait trouvé une remplaçante. La perspective d'annoncer son départ ne l'enthousiasmait pas, et, lorsqu'elle aperçut la voiture familière garée à sa place, elle poussa un profond soupir.

Il était arrivé plus tôt pour la voir... Quand elle pénétra

dans la réception, Mme Sims l'avertit sur le ton de la confidence :

— J'ignore ce qu'il a ; il est d'une humeur de chien !

Gareth Briers était assis à son bureau, une montagne de courrier à dépouiller devant lui, à laquelle il ne prêtait pas la moindre attention. Il attendait Angela. Néanmoins, il se garda de répondre au « Bonjour ! » qu'elle lui lança. Il ne la quitta pas des yeux, tandis qu'elle ôtait son manteau, et l'accrochait à une patère. Elle retira ses gants avec précaution, et Gareth demanda :

— Que t'est-il arrivé ?

— Je me suis brûlé les doigts, hier soir.

— On veut jouer avec le feu ? grinça-t-il, satisfait de son mot d'esprit.

— Non, j'ai simplement essayé de soulever une terrine qui sortait du four.

— Et de quoi le grand Matthew Hanlon souhaitait-il m'entretenir ?

— Eh bien... commença-t-elle, en ramassant par habitude le courrier pour le poser sur son bureau. Avant de rentrer chez moi, je suis retournée voir le studio, et j'ai décidé d'y renoncer : je n'aurais jamais pu y être heureuse. J'aime trop mon village, et les gens que je connais depuis toujours.

Elle n'examinait pas le courrier, mais mettait les enveloppes de côté, empilant les lettres devant elle avec le plus grand soin.

— Et Matt, poursuivit-elle, m'a proposé une chambre chez lui. Il n'est là qu'une partie de l'année, et il y a trois pièces vides...

— Non ! Il n'en est pas question, je n'accepterai pas cela ! rugit Gareth, rouge de colère.

— Pourquoi pas ? s'étonna-t-elle, de son air le plus candide.

— Je ne te crois pas stupide à ce point !

— Mon père a beaucoup fait pour Matt. C'est un peu mon grand frère...

— C'est peut-être son sentiment à lui, mais certainement pas le tien, railla Gareth. Il n'est sûrement pas fou de toi, avec toutes les femmes qui lui courent après ; toi, en revanche, tu l'as dans la tête depuis toujours.

Angela était en état de choc, comme si on lui avait assené un coup : ses oreilles bourdonnaient, ses joues étaient en feu, elle protesta sur un ton plaintif :

— Non...

— Si, ou bien tu es aussi froide qu'un glaçon.

Angela s'était souvent demandé pourquoi elle résistait aux hommes, alors que la plupart de ses amies avaient déjà franchi le pas depuis longtemps. Elle n'avait jamais abordé le sujet avec quiconque, cependant, elle était persuadée que la froideur dont Gareth l'accusait n'était pas réelle. Elle aimait se trouver dans les bras d'un homme, du moment que l'on ne dépassait pas certaines limites.

Gareth s'était levé et la foudroyait d'un regard outragé.

— Ce n'est pas en pensant à lui que tu parviendras à une entente profonde avec un autre ! Il t'obsède !

Sans vraiment s'en rendre compte, elle s'entendit articuler :

— Je vais travailler pour Matt. Il m'a offert d'être sa secrétaire.

— Il se fait des illusions : c'est autre chose que tu as en tête.

— J'ai droit à un préavis de combien de temps ?

— Tu peux partir sur-le-champ, proféra-t-il, en s'approchant. Pourquoi rester là, si tu vas vivre avec Hanlon ?

Il lui arracha la lettre qu'elle tenait encore dans la main.

— Laisse ce courrier, rugit-il. Je m'en occuperai *moi-même*.

— Très bien.

Elle se conduisait mal, c'était évident. Gareth était jaloux de Matt ; elle aurait pu le rassurer en lui promettant de ne plus le revoir, et de continuer à travailler à l'agence. Au lieu de cela, elle enfila son manteau, saisit son sac, et lança un « bonne chance » avant de sortir du bureau.

Mme Sims et ses collègues la regardèrent passer avec un air effaré. Elles se disposaient à l'interroger, lorsque la porte d'entrée s'ouvrit ; Jenny entra.

— Puis-je te parler une minute ? demanda-t-elle à son amie.

— Bien sûr.

Les deux jeunes filles sortirent sans un mot. Je leur téléphonerai plus tard, pensa Angela, je leur expliquerai, c'étaient de bonnes camarades.

A peine avaient-elles fait quelques pas, que Jenny annonça :

— J'ai tout raconté à mes parents, hier soir.

— C'est vrai ?

— Ma mère a pleuré toute la nuit, et mon père s'est enfermé dans un silence lourd de reproches. Cependant, au petit déjeuner, ils m'ont fait comprendre qu'ils me soutiendraient. Finalement, ils le prennent assez bien.

— Tant mieux...

— Je pensais que la nouvelle t'intéresserait, remarqua Jenny, s'étonnant du peu d'enthousiasme de son interlocutrice.

— Mais évidemment, cela m'intéresse !

— Tu ne diras rien à personne, n'est-ce pas ?

— Non, rassure-toi... Ecoute, je dois partir. Tu as agi comme il fallait, et je suis certaine que tout se passera bien.

— Tu le crois vraiment ?... murmura Jenny avec une lueur d'espoir, tandis qu'Angela s'éloignait vers sa voiture, en lui faisant un signe de la main.

Une fois au volant, elle alluma son poste de radio. Elle n'avait pas envie de réfléchir immédiatement à tout ce qui lui arrivait. Malgré elle, les paroles de Gareth lui revenaient pourtant sans cesse à l'esprit. Avait-il raison ? Matt faisait-il tellement partie d'elle-même qu'il pénétrait ses pensées et dominait ses actes, sans qu'elle s'en rendît compte ? Elle ne parvenait pas à le croire ; Gareth, lui, qui la côtoyait tous les jours, en paraissait convaincu.

C'était étrange d'arriver chez elle en pleine journée. La maison était froide, aussi elle garda son manteau, et s'assit sur une chaise de cuisine pour mettre ses idées en ordre.

Matt était célèbre, et Gareth était jaloux parce qu'elle en parlait souvent. Cependant, de là à dire qu'elle ne pensait qu'à lui...

Au contraire, elle ne l'associait jamais à l'amour physique, lorsque le sujet lui venait à l'esprit. Sauf peut-être hier, à l'aéroport...

Pourtant, il était si séduisant... Quelques années plus tôt, elle avait bien failli se jeter à sa tête. C'était un peu comme le souvenir d'une maladie infantile, elle se souvenait de tous les détails de la soirée, mais les sentiments s'étaient évaporés dans le brouillard de sa mémoire. Il paraît que l'on oublie très vite la douleur. Il lui arrivait même de sourire en se revoyant un peu grise, s'offrant pour la première et dernière fois à un homme.

Matt s'en était très bien tiré. Il avait probablement deviné son attachement, sans le prendre au sérieux. Il ne la croyait pas prête pour une aventure amoureuse. Pas avec lui, en tout cas, ni maintenant ni jamais, avait-il laissé entendre.

Elle s'était conduite comme une sotte, même si l'incident n'avait pas eu de suite. C'était il y a cinq ans, et elle n'avait jamais voulu appartenir à un autre. Gareth aurait-il donc raison ? Quelle sorte de blocage lui interdisait de s'abandonner, comme elle avait voulu le faire ce jour-là ?

Soudain, l'atmosphère de la cuisine lui sembla irrespirable. Elle déboutonna son manteau et monta à l'étage pour chercher de l'aspirine afin d'enrayer son mal de tête. En passant devant la petite chambre d'amis où Matt avait dormi cette nuit-là, elle ne put résister à l'envie de pousser la porte, et d'entrer. Traversant la pièce, elle s'arrêta devant le lit. Il n'y avait que le matelas, à rayures bleues et blanches, car on avait déjà emballé le linge en vue du déménagement. Un rayon de soleil tombait verticalement sur le divan vide, faisant danser des particules de poussière. Mais Angela se trouvait dans une pièce obscure, contemplant un homme endormi. Ses jambes mollirent, et elle dut s'asseoir sur le lit. C'était faux tout ce qu'on racontait au sujet du temps, qui efface la douleur... En ce moment même, elle souffrait autant que si Matt venait tout juste de la repousser, comme il l'avait fait cette fois-là.

L'incident qu'elle avait soigneusement écarté de son esprit revenait soudain à la surface, plus vif que jamais, et elle comprit clairement qu'elle ne pouvait appartenir corps et âme à un homme, à cause de cette première blessure que Matt lui avait, sans le vouloir, infligée. « Ne reste pas dans cette tenue »... Elle entendait sa voix comme si c'était hier, et, involontairement, elle resserra les pans de son manteau.

Depuis cette nuit-là, personne ne l'avait vue dévêtue. Comment aurait-elle osé risquer une répétition de l'instant déchirant où Matt l'avait regardée, et s'était détourné. Elle avait grandi, cependant la souffrance était toujours là, prête à se réveiller à la première occasion.

Gareth avait raison. Elle était obsédée par Matt, non pas parce qu'elle brûlait encore d'amour pour lui, mais parce qu'il était la cause de son énorme complexe d'infériorité, face aux hommes. Inutile de se leurrer, de tenter de se convaincre que c'était sans importance : ces quelques minutes d'un lointain passé, l'avaient laissée meurtrie.

Elle se leva et regagna sa chambre; là, elle s'assit devant sa coiffeuse et avala deux aspirines. La découverte de ses inhibitions devrait, sinon l'en guérir totalement, du moins la soulager en partie. C'était la théorie des psychiatres : souvenez-vous, et vous serez libéré. Il restait cependant Gareth : elle était parfaitement consciente qu'elle ne désirait pas de relations plus intimes avec lui, bien qu'il possédât toutes les qualités d'un bon mari.

Dans un tiroir de sa coiffeuse, elle trouva une boîte contenant le bracelet que Matt lui avait offert pour ses dix-sept ans. Elle le prit, et le déposa dans le creux de sa main, comprenant enfin pourquoi elle l'avait si peu porté, et dissimulé au fond d'un meuble. Il était le symbole du moment de sa vie dont elle refusait de se souvenir. « Tu es trop jeune », avait-il dit. « Tu seras toujours trop jeune »; depuis, il continuait à la considérer comme une enfant.

Cependant, la nuit dernière, il n'avait pas ri. Toutes les petites déceptions qui avaient, jusqu'à maintenant, jalonné son existence avaient seulement amusé Matt; aujourd'hui, il se faisait du souci pour elle. Elle devrait bientôt lui expliquer le malentendu...

« Je ne pense pas qu'il soit fou de toi » avait insinué Gareth. Il avait vu juste. Pourtant, si elle pouvait amener Matt à la désirer, ne serait-ce qu'une fois, en tant que femme, elle reprendrait confiance en elle, et elle pourrait aimer pleinement un autre homme. Gareth, par exemple, s'il voulait encore d'elle.

Elle examina attentivement son reflet dans le miroir, comme si elle ne s'était pas regardée depuis longtemps. Elle n'avait pas la beauté du diable, toutefois elle n'était pas si mal. Matt avait des goûts très variés en matière de femmes. Ses petites amies étaient toutes jolies et intelligentes, mais aucune ne se ressemblait. Alors, pourquoi pas elle, Angela, si elle savait s'y prendre ?

Elle aurait soin de ne pas souffrir encore une fois. Elle ne chercherait pas une relation durable, ce serait stupide ; Matt était bien trop intellectuel pour elle. Elle en ferait seulement une sorte de jeu, un flirt un peu frivole. Il ne devinerait jamais quel était son but...

Elle pouvait s'installer à *Chapel House* dès qu'elle le désirait, avait-il assuré. Le plus tôt serait donc le mieux. Ses meubles s'en iraient bientôt au garde-meuble, elle allait préparer ses bagages avec ses vêtements et quelques objets, et porterait le tout dans la maison sur la colline.

La fin de la matinée fut employée à réunir quelques livres, des bibelots en porcelaine, et deux tableaux qu'elle aimait bien. Elle les enferma avec le maximum de vêtements dans sa plus grande valise.

Ayant décidé de ne pas utiliser sa voiture, Angela fixa ses affaires sur un porte-valise à roulettes, et prit ainsi le chemin de *Chapel House*, espérant que Matt n'avait pas changé d'avis. Ce n'était pas dans ses habitudes, mais Sonia avait pu intervenir, et souligner que la présence de la jeune fille n'était pas vraiment souhaitable.

Le ciel était gris, menaçant, et la couche de glace recouvrant la mare semblait s'être épaissie ; la neige ne tarderait probablement pas à tomber.

Angela pensa à Noël : « Si je réussis à garder mon emploi de secrétaire auprès de Matt, peut-être m'emmènera-t-il avec lui en voyage, au moins une fois ? » Mieux valait ne pas se faire d'illusions à ce sujet, et se contenter de taper son courrier et répondre au téléphone.

Elle contourna *Chapel House* pour entrer par la porte de la cuisine. June Johnson, la femme de ménage, entretenait la maison tous les matins, et Angela pria pour qu'elle soit déjà partie, car elle était réputée pour alimenter la chronique du village, et colporter les ragots à qui voulait les entendre. A peine apprendrait-elle l'installation d'Angela, que tout le monde en serait averti.

Ouvrant doucement la porte, elle passa la tête à l'intérieur. De la pièce voisine, lui parvint le bruit de la machine à écrire. Matt ne l'entendit pas approcher. Quand il s'interrompit et releva la tête, elle se trouvait déjà à ses côtés.

— Désolée de troubler un homme en plein travail... s'excusa-t-elle. J'ai apporté ma valise, ajouta-t-elle, en montrant l'objet resté dans la cuisine.

— Il vaudrait mieux pour toi ne pas porter de trop lourdes charges.

— Elle est posée sur des roulettes, et mes mains vont beaucoup mieux.

— Je ne pensais pas seulement à tes mains...

Tandis qu'elle préparait la phrase qui lui apprendrait avec ménagement la vérité, Matt avait détaché la valise et demandait :

— Veux-tu monter dans ta chambre ?

— Cela ne t'ennuie pas que j'arrive si vite ? La maison est tellement vide, sans mon père...

— Tu as très bien fait, assura-t-il en la précédant dans l'escalier qui conduisait à l'étage.

La jeune fille n'était pas venue là depuis des années. Elle se souvenait vaguement de deux grandes chambres, et de deux petites. La porte de l'une de celles-ci était ouverte, et June Johnson achevait de faire le lit. C'était une petite femme au visage anguleux, encore jeune, dont les cheveux bruns frisottaient, grâce aux artifices d'une permanente. Elle dévisagea Angela avec insistance, lorsque celle-ci entra.

Cette chambre d'amis, June Johnson avait dû la préparer des dizaines de fois, mais, visiblement, elle ne s'attendait pas à la voir.

— Oh, s'écria-t-elle, c'est vous ? Vous allez rester ici ?

Ce sont vos affaires que j'ai trouvées dans la salle de bains ?

— Exact, répondit Matt.

La pièce était agréable et ensoleillée. Une haute fenêtre garnie de doubles rideaux d'un rose tendre donnait sur la campagne. Les meubles étaient peints en blanc, et le papier — Angela se rappelait l'avoir choisi lorsqu'elle avait seize ans — était blanc avec des pois roses un peu fanés par le temps. Une moquette vert amande s'harmonisait avec un dessus-de-lit du même ton.

— Tout est prêt, déclara June. Je peux m'en aller. J'espère que la chambre vous plaira.

Elle sortit avec son air étonné, laissant Angela un peu embarrassée.

Celle-ci était sûre que, demain, tout le village saurait qu'elle habitait chez Matt. Sans doute attribuerait-on la raison de cette cohabitation à l'amitié qui liait le journaliste au père d'Angela, plutôt qu'à une soudaine passion. On connaissait d'autre part Sonia, et ses relations avec le propriétaire de *Chapel House*. Qui irait imaginer une remplaçante aussi insignifiante qu'Angela Millar ?

Elle se mit à genoux et ouvrit sa valise. Matt avait-il déjà donné à Sonia sa version de la situation ? « Cette sotte est enceinte, et j'ai promis à son père de veiller sur elle... »

Elle commença à suspendre ses vêtements dans le placard, à ranger ses lainages et ses chemisiers dans les tiroirs. Ensuite, elle aligna ses boîtes de maquillage sur la coiffeuse, avec une photo de son père et de sa mère. La pièce lui plaisait beaucoup ; elle était plus gaie et plus confortable que son ancienne chambre, et la présence de Matt en faisait un lieu de rêve.

Une fois ses rangements terminés, elle alla sur le palier. En bas, elle vit Matt, penché vers la cheminée, en train de ranimer le feu. Au lieu de dévaler les marches pour le rejoindre, elle se força à descendre lentement.

— A propos, pourquoi es-tu rentrée si tôt ? demanda-t-il, sans relever la tête.

— June est partie ?

— Oui.

— Eh bien, j'ai annoncé à Gareth que je voulais quitter l'agence, et que le studio ne m'intéressait plus.

Elle s'assit devant l'âtre et contempla les flammes, tout en poursuivant ses explications :

— Il m'a mise à la porte en apprenant que je projetais d'habiter ici.

— C'est vrai ?

— Gareth ne t'apprécie guère.

— Je ne le connais pas, mais ce que j'entends dire de lui ne me donne pas une très bonne impression.

Matt pensait évidemment qu'il était le père de l'enfant qu'elle était supposée porter, et qu'il se conduisait comme un mufle. Il ignorait, qu'en réalité, c'était Angela qui avait mal agi. Le moment était venu de tout lui avouer. Peut-être la garderait-il malgré cela ? Elle prit une longue inspiration, mais les mots ne vinrent pas comme elle le désirait.

— J'ai seulement dit que j'allais travailler pour toi et m'installer ici, c'est tout. Je ne veux plus l'épouser, de toute façon.

Voilà qui innocentait plus ou moins Gareth, sans pour autant dévoiler la supercherie.

Je lui raconterai tout demain, avant son départ, décida-t-elle. Ainsi, il n'aura pas le temps de prendre une décision...

— Pourquoi refuses-tu de l'épouser ?

— Je... je crois que je ne l'aime pas assez, murmura-t-elle, en gardant la tête baissée.

Elle l'avait cru, naguère. Cependant, la perspective d'un contact physique avec Gareth lui inspirait une sorte de répulsion. Un sanglot lui échappa, et Matt s'efforça de la réconforter.

— Ne t'inquiète pas, Angel. Viens plutôt voir si nous avons de quoi déjeuner.

— Oh, un œuf dur me conviendra très bien...

— Certainement pas. Si tu as l'intention de travailler avec moi, mieux vaut te mettre tout de suite dans la tête que je n'aime pas manger n'importe quoi.

C'était gentil de parler d'autre chose pour l'aider à oublier ses soucis.

Matt alluma le four à micro-ondes, après y avoir déposé des côtelettes d'agneau.

— Il va falloir que j'apprenne à m'en servir, déclara Angela.

— C'est très simple.

— Merci pour tout, Matt. Il me fallait un emploi et...

— Eh bien, tu en as trouvé un. Combien te payait-on à l'agence ?

Son salaire était plus élevé que celui d'une secrétaire moyenne, et elle expliqua.

— J'étais l'assistante de Gareth...

— Je ne réclamerai pas exactement les mêmes services, ironisa-t-il.

— Que vas-tu insinuer, protesta-t-elle, indignée. On m'a augmentée parce que je vendais beaucoup de maisons. C'est M. Briers père qui l'a décidé, tout simplement parce que je faisais bien mon travail.

— C'est vrai ?

— Tout à fait vrai. Je suis moins bête que tu ne le crois, ajouta-t-elle, en refermant violemment un tiroir. Ta grande amie Miss Adams croit que j'ai une cervelle de moineau, mais je serai une excellente secrétaire. Bien entendu, je ne prétends pas à un salaire très élevé avant d'avoir fait mes preuves.

— Je n'ai pas besoin d'une assistante ; en revanche, on m'a toujours dit qu'une secrétaire m'était nécessaire. Je te paierai la même chose.

— Merci.

Délicatement, elle posa les couteaux et les fourchettes sur la table.

— Qui te conseille toujours de prendre une secrétaire ?

— Des candidates hautement qualifiées.

Rien d'étonnant, pensa-t-elle amèrement. Toutes les filles qu'elle connaissait auraient saisi avec joie l'occasion de travailler pour lui. Sans le regarder, elle demanda :

— Si je t'avais confié que je cherchais un travail... sans ajouter d'autre explication, m'aurais-tu proposé de venir ici ?

— Non, répliqua-t-il sans hésitation.

Elle devait donc se rendre indispensable, pour qu'il admette sa valeur. Et aussi qu'il la trouve séduisante...

— Tu verras, annonça-t-elle d'un ton affecté, mon efficacité te surprendra peut-être.

Se retournant avec la cruche pleine d'eau, elle heurta malencontreusement le robinet. L'anse lui resta dans la main, et le reste s'éparpilla en morceaux dans l'évier.

— Oh, non ! bredouilla-t-elle, tandis que Matt éclatait de rire. Cela ne m'arrive pas d'habitude ! Je ne casse jamais rien. C'est à cause de mes doigts, ils sont encore un peu raides...

— Les doigts que tu as brûlés en attrapant un plat sortant du four... Je vais t'avouer une chose : ta prétendue efficacité m'effraie un peu...

Après le déjeuner, il se remit à travailler. Il n'avait aucune tâche particulière à lui donner pour le moment, aussi Angela descendit-elle au village pour continuer à remplir ses malles. Un peu avant la tombée de la nuit, elle regagna *Chapel House*, où l'attendait une soirée solitaire, car Matt se rendait à une réception organisée par la ville.

Pelotonnée sur le canapé, elle le regarda descendre, suprêmement élégant dans son smoking bleu nuit. Il était aussi séduisant qu'en tenue décontractée, et elle admira son assurance tranquille.

— Tu es superbe, affirma-t-elle.

— Merci. A quoi vas-tu occuper ta soirée ?

— Avancer mon courrier, ou lire, ou regarder la télévision. Est-ce que l'on passe un de tes programmes ?

— Pas ce soir.

— Ne reviens pas avec une nouvelle secrétaire, même si tu reçois des propositions alléchantes.

— Celle que j'ai me suffit largement ! riposta-t-il gaiement.

Elle l'accompagna jusqu'à la porte. Tout en regardant la voiture s'éloigner elle songea qu'elle n'aurait jamais la première place dans la vie de Matt. Etrangement, cette réflexion lui arracha un soupir.

Elle ne rédigea pas son courrier. La semaine suivante ne serait pas très remplie, et elle aurait tout le temps pour cette tâche. S'aventurant dans la maison, elle partit à la découverte des objets que Matt y avait installés. Un long moment, elle contempla les tableaux qu'il avait achetés par goût, et qui avaient ensuite acquis de la valeur.

Il avait eu raison au sujet de sa peinture. Elle n'avait jamais touché à un pinceau depuis le jour où elle avait quitté l'école. Les deux tableaux qu'elle gardait étaient très médiocres.

Personne ne pouvait en dire autant de Sonia. Trois de ses livres étaient rangés en bonne place dans la bibliothèque de Matt, tous amoureusement dédicacés. Angela en ouvrit un au hasard et trouva le texte déprimant. Les personnages se posaient d'éternelles questions.

« Une rare et subtile perception de l'identité humaine » avait écrit un critique au dos de la couverture. Parle pour toi, murmura la jeune fille. Mon identité est totalement hermétique à ce genre de littérature.

Sonia riait-elle, lorsqu'elle était en compagnie de Matt ? Partageaient-ils des petites plaisanteries connues d'eux seuls ? Quand elle venait à *Chapel House*, elle ne dormait probablement pas dans la chambre d'amis... Ses relations avec Matt ne regardaient pas Angela, mais elle serait mal à l'aise de les voir s'enfermer tous deux dans la même chambre. Sonia s'arrangerait certainement pour lui donner l'impression d'être de trop. Elle se demanda soudain pourquoi elle éprouvait une telle antipathie à l'égard d'une personne qu'elle connaissait à peine.

L'intellectuelle en question téléphona cette nuit-là. Angela, en chemise de nuit et robe de chambre bleu ciel, se préparait un chocolat chaud dans la cuisine.

— Matt est-il là ? demanda Sonia.

Il était presque minuit, mais il n'avait pas indiqué l'heure de son retour.

— Pas encore, répondit laconiquement la jeune fille.

— C'est encore vous, Angela ? Vous habitez ici ?

Ce n'était pas une question, c'était une remarque sarcastique, et elle savoura sa réponse :

— Exactement.

— Dans la maison de Matt ? Vous êtes installée d'une façon permanente ?

— Oui. Voulez-vous que je lui transmette un message, lorsqu'il rentrera ? il est allé...

— Je sais où il se trouve, coupa Sonia. Je pensais seulement qu'il était de retour. Je rappellerai, merci.

Elle raccrocha.

Angela décida de ne pas se coucher, et d'attendre Matt pour l'avertir. Elle regagna sa place sur le sofa, et se mit à boire son chocolat à petites gorgées. Ensuite, elle choisit un livre et le lut jusqu'à ce qu'elle soit prise de bâillements. Elle s'assoupit alors, la tête sur un coussin, le visage doucement éclairé par la lueur rougeoyante du feu.

Le ronronnement de la voiture de Matt la sortit de son premier sommeil. Elle leva la tête à son entrée.

— Bonsoir, tu t'es bien amusé ?

— Ce n'était que la Nuit des Anciens Combattants, pas une orgie romaine.

Un courant d'air glacé était entré avec lui, et elle frissonna, lorsqu'il s'approcha du sofa.

— Est-ce qu'il fait froid dehors ?

— Glacial. Mais tu as l'air d'être au chaud, constata-t-il, en glissant un doigt sur sa joue.

Le cœur d'Angela se mit à battre un peu plus vite. Comme c'est agréable d'être ici, pensa-t-elle.

— Sonia a téléphoné. Elle a voulu savoir si j'habitais ici. J'ai dit oui, mais elle a refusé de laisser un message. Elle préférait te parler.

— On peut lui faire confiance pour cela, remarqua-t-il, sans paraître inquiet.

Il semblait content d'être là, avec elle.

— Tu n'aurais pas dû m'attendre, protesta-t-il mollement.

— Je ne t'ai pas attendu. Je dors depuis un siècle, assura-t-elle en s'étirant. Ce n'est pas moi qui ai passé une folle nuit avec les Anciens Combattants.

— C'était plutôt tranquille, je t'assure. A présent, il est l'heure pour toi d'aller au lit.

Obéissante, elle mit les pieds dans ses pantoufles, et ne put dissimuler une grimace de douleur.

— Mon pied droit est paralysé ! Je m'étais mal assise...

— Frotte-le.

— Je ne peux pas, à cause de mes doigts...

Matt s'assit sur le sofa, s'empara de son pied, qu'il posa sur ses genoux.

— Ne crois pas que je vais te porter dans ta chambre, annonça-t-il en massant vigoureusement le mollet et la cheville de la jeune fille pour rétablir la circulation.

— Essaie de le poser par terre, ordonna-t-il au bout d'un moment.

Angela se leva docilement.

— C'est merveilleux, je ne sens plus rien.

Elle lui sourit, et pendant quelques secondes, leurs

regards restèrent rivés l'un à l'autre, dans une profonde intimité. Puis, Matt murmura doucement :

— Bonne nuit, Angel.

Encore un peu, pensa-t-elle, et nous nous serions embrassés. Il m'aurait peut-être portée dans mon lit... Ce n'était pas encore pour ce soir, mais, avant longtemps, Matt devrait admettre qu'elle n'était pas totalement dépourvue de séduction.

— Bonne nuit, répondit-elle avant de monter.

Les poings serrés, les ongles enfoncés dans la paume de ses mains, elle gravit rapidement l'escalier, et entra dans sa chambre. Lorsqu'elle ouvrit les doigts, des traces roses en forme de virgule étaient gravées sur sa peau. Les paroles de Gareth lui revinrent en mémoire... « On veut jouer avec le feu ?... » Elle s'endormit enfin tourmentée par ces mots lancinants.

4

Matt était au téléphone, lorsqu'Angela apparut sur le palier. Elle avait bien dormi, malgré ses préoccupations. La sonnerie du téléphone l'avait réveillée et, s'apercevant qu'il était déjà dix heures, elle avait enfilé sa robe de chambre, et s'était précipitée pieds nus sur le palier.

La vue de Matt, le murmure de sa voix grave et profonde la rassura. Elle descendit.

— Bonjour ! J'ai dormi trop longtemps, expliqua-t-elle en se dirigeant vers la salle de bains.

Lorsqu'elle en sortit, il écoutait les prévisions météorologiques à la radio. Elle s'excusa de s'être levée si tard.

— J'ai dormi comme une marmotte.

— C'est ça la jeunesse ! affirma-t-il.

Il était habillé, rasé de frais, et semblait debout depuis des heures. Il avait également déjeuné, et elle s'en voulut d'avoir manqué l'occasion de prendre le repas du matin en sa compagnie.

— Quand pars-tu ?

— Dans quelques minutes. Il reste du café.

Elle s'assit et commença à beurrer un toast.

— Est-ce que je peux te joindre ?

— Non.

Il voulait garder son entière liberté... Pourtant, un

numéro de téléphone, même si on ne s'en servait pas, était parfois réconfortant.

Elle le regarda monter dans sa chambre en mâchant machinalement sa tartine. Elle préparait la phrase qu'elle allait prononcer lorsqu'il redescendrait. Quelque chose comme : « Je ne suis pas enceinte, c'est un malentendu. Mais, je t'en prie, garde-moi ici. Je te promets d'être aussi discrète qu'une ombre. »

La radio diffusait un air de musique et elle n'entendit pas la voiture qui arrivait. Elle sursauta lorsqu'on frappa à la porte d'entrée.

Elle alla ouvrir, et se trouva nez-à-nez avec Gareth.

Il examina sa tenue d'un œil réprobateur, et elle ne tenta pas de se justifier, parce que cela n'arrangerait rien.

— Que veux-tu ? s'enquit-elle.

— Te parler.

Il faisait très froid dehors. Le ciel était sombre et menaçant, exactement comme Gareth qui lui lançait des regards sévères. Quel désastre, si elle se mettait à pouffer de rire ! Il entra sans lui en demander la permission, et referma la porte.

— Je suis venu te donner une dernière chance.

— Une chance pour quoi ?

— Ton travail t'attend, et moi aussi. A certaines conditions que tu connais, bien sûr.

Angela imagina l'effort qu'avait dû lui coûter cette démarche, et elle le prit en pitié.

— Oh oui, je les connais, admit-elle en soupirant.

Un bruit leur fit lever la tête : Matt descendait, avec sa valise et son manteau.

C'en est fait de moi, pensa-t-elle. Dans quelques minutes, ces deux hommes sauront tout, et je me retrouverai toute seule. Un rire nerveux lui noua l'estomac. Dans quel piège me suis-je laissé entraîner ?...

Matt posa ses bagages, et laissa tomber son manteau sur un fauteuil.

— Monsieur Briers ? interrogea-t-il.

— Lui-même, répondit Gareth.

— Et qui vous a introduit ? poursuivit aimablement Matt.

Soudain, Angela eut peur. Peur du ton doucereux de Matt.

— Je voulais seulement... commença Gareth.

Le journaliste lui fit « non » de la tête en s'avançant vers lui.

— D'accord, je m'en vais, murmura l'autre, en ouvrant précipitamment la porte.

Matt posa sa main sur le bras de la jeune fille, comme pour l'empêcher de le suivre. Elle tenta de parler, mais il l'interrompit :

— Laisse-le partir.

Elle n'avait nulle intention de l'arrêter. Elle désirait seulement expliquer que ce n'était pas un sentiment de culpabilité qui faisait fuir Gareth, mais plutôt la dureté de Matt.

Ils entendirent la voiture démarrer, et il ferma la porte.

— Je ne peux pas te laisser seule ici, il risque de venir t'importuner. Je t'emmène avec moi. Nous allons dans un coin paisible et tranquille, où tu pourras réfléchir et prendre une décision à tête reposée. En combien de temps es-tu capable de faire une valise ?

— Quelques minutes me suffiront !

Elle s'élança dans l'escalier, enfila à la hâte ses vêtements de la veille, passa un nuage de poudre sur ses joues et jeta deux pantalons et deux pull-overs dans sa valise. Elle ajouta une robe de soie, car elle ignorait leur destination. Sonia se joindrait peut-être à eux ?

Son bagage à moitié vide à la main, elle rejoignit son compagnon.

— Nous partons une semaine, pas un mois, commenta-t-il en voyant son énorme valise.

— C'est la seule que j'aie apportée ici. Veux-tu que j'aille en chercher une autre à la maison ?

— Non, elle tiendra dans mon coffre. J'ai écrit un mot à Mme Johnson, pour lui signaler que tu partais avec moi. Veux-tu prévenir quelqu'un d'autre ?

— Non. Personne ne m'attend.

Angela était déjà montée dans la Rover grise auparavant, lorsque Matt les emmenait, son père et elle, dîner en ville. Cependant, les trajets n'avaient jamais duré plus d'une heure. A présent, elle allait passer une semaine avec lui ! Si elle avait osé, elle aurait battu des mains, et dansé de joie sur son siège.

Bien sûr, elle n'en fit rien. Elle prit sagement place dans l'automobile, tandis qu'il fermait la maison. Si elle se montrait insouciante ou débordait de joie, avec les soucis qui l'accablaient, il ne comprendrait plus rien...

Il s'installa au volant à côté d'elle, et, tout à coup, le paysage gris et maussade prit pour Angela les teintes du soleil.

— Attache ta ceinture de sécurité, recommanda-t-il. Les routes ne sont pas très bonnes, et il est inutile que tu sois secouée.

— Autant que tu le saches tout de suite, bredouilla-t-elle précipitamment, je ne suis pas enceinte. Il s'agissait vraiment d'une amie...

— Puisque tu le dis...

— C'est vrai.

Après cette révélation, elle n'eut pas le courage de le regarder en face. Matt démarra sans le moindre commentaire. L'avait-elle convaincu ? Elle l'ignorait. Elle avait parlé, et pouvait poursuivre son voyage la conscience tranquille ; il ne l'avait pas jetée hors de la voiture.

Elle attendit la suite, mais il se mit à bavarder de tout autre chose. Il lança une remarque sur une maison au toit de chaume qui lui semblait particulièrement pittoresque, et Angela acquiesça avec empressement.

— Où allons-nous ? demanda-t-elle.

— Dans le Yorkshire.

— La météo n'a-t-elle pas annoncé du mauvais temps dans le nord ?

— Cela t'effraie-t-il ? Il est encore temps de changer d'avis. Moi, j'y vais.

— Je ne crains ni le froid ni la neige, assura-t-elle. J'aime beaucoup le Yorkshire.

— Dans ce cas, c'est parfait.

Il paraissait satisfait de la garder avec lui, et elle eut envie de se blottir contre son épaule. Depuis deux jours, elle ressentait le besoin de le toucher, d'effleurer l'étoffe de ses vêtements, de frotter sa joue contre son bras. Ou même de mordiller son oreille.

Quelle image absurde ! La passagère d'une grosse voiture de luxe mordillant l'oreille du conducteur ! Elle pouffa de rire.

— Qu'est-ce qui est si drôle ? questionna-t-il.

— Les oreilles. Tu ne trouves pas que ce sont des instruments bizarres ?

— Comparées à quoi ?

— A des nez, ou des lèvres. Les oreilles sont bien plus compliquées.

— « C'est pour mieux t'entendre, mon enfant ! »

Angela rit et appuya sa nuque contre le repose-tête, regardant défiler le paysage. Elle ignorait toujours chez qui ils allaient.

— Tes amis ne vont-ils pas s'étonner de nous voir arriver à deux ?

— Non.

— De qui s'agit-il ? interrogea-t-elle enfin, voyant qu'il ne lui donnait pas davantage d'informations.

— Tu ne connais pas.

Visiblement, il la taquinait, et elle insista :

— Dis-le moi. Ce sont des amis d'enfance, des relations de travail ?

— Patiente, et tu verras.

— Je n'ai pas le choix, si j'ai bien compris ?

— Exact. Cependant, tu sais bien que je ne t'emmènerais pas n'importe où, n'est-ce pas ? Ton père m'a recommandé de veiller sur toi, pas de t'entraîner dans une bande de joyeux noceurs.

— Ne pourrais-tu oublier mon père un moment ? Je *sais* qu'il t'a prié d'avoir l'œil sur moi, que tu lui dois beaucoup, et que c'est très charitable de ta part de m'emmener avec toi... Mais, quand cesseras-tu de me répéter que tu agis ainsi pour lui, et non pour moi ?

Elle n'avait pas voulu aller aussi loin, néanmoins il avait gâché une partie de son plaisir avec sa litanie : « ton père m'a demandé... » Ne pensait-il donc jamais à ses propres sentiments ?

— C'est absolument faux ! se défendit-il en ralentissant pour éviter une ornière. Il arrêta la voiture au bord du chemin, en constatant le désarroi de sa compagne.

Ils avaient laissé le village derrière eux, mais n'avaient pas encore atteint la grand-route. Angela se reprocha son ingratitude.

— Je ne t'en veux pas d'admirer mon père, concéda-t-elle. C'est un homme merveilleux.

— Je ne te le fais pas dire ! Pourtant, je vais aussi t'avouer une chose : tu m'accordes une faveur en m'accompagnant dans ce voyage ; avec toi, je suis certain de ne pas m'ennuyer. Si la route est longue, nous trouverons toujours un sujet de dispute !

Il tentait de l'amadouer pour lui rendre sa bonne humeur, et elle murmura d'une petite voix soumise :

— J'aimerais être Angela à tes yeux, et pas seulement la fille de mon père...

— Tu es la fille de ton père, c'est ainsi que je t'ai connue. Tu es également toi-même, c'est-à-dire quelqu'un de tout à fait original, affirma-t-il, en l'obligeant à se tourner vers lui.

La mélancolie de la jeune fille fondit comme neige au soleil. Matt la tenait par les épaules, la regardant comme si elle était vraiment différente des autres. L'espace d'une seconde, elle crut qu'il allait la serrer contre lui, et poser sa bouche sur ses lèvres.

Il n'en fit rien. Il se recula légèrement, tout en continuant à la fixer intensément, et elle finit par lui sourire.

— Tu te sens mieux ? Pouvons-nous repartir ? demanda-t-il. Il reste une longue route à parcourir.

— Peu importe si le voyage est long, déclara-t-elle, tandis que la voiture regagnait le milieu de la chaussée.

Elle se garda d'avouer qu'elle se serait volontiers laissé emporter au bout du monde…

A mesure qu'ils roulaient vers le nord, le ciel s'assombrissait de nuages annonçant la neige. Ils traversèrent des régions où elle était déjà tombée, et le paysage avait pris un aspect blanchâtre et uniforme. Cependant, dans la Rover, l'atmosphère était à la gaieté. Matt lui racontait des anecdotes amusantes dont il était le personnage principal. Dans la plupart des cas, il se donnait un rôle grotesque ; c'était un merveilleux conteur, et Angela ne cessait de rire. Elle-même possédait une bonne dose d'humour, et elle songea qu'elle n'avait jamais fait un aussi agréable voyage. La présence de Matt semblait la rendre spirituelle, et aiguiser ses facultés.

Vers midi, ils sortirent de l'autoroute et découvrirent un petit restaurant d'allure convenable. La salle à manger était à moitié pleine, et le bruit des conversations ressemblait à un bourdonnement léger et monotone.

Une serveuse s'avança parmi les tables de chêne ciré.

— Deux personnes ?

Matt acquiesça, et ils suivirent l'employée, tandis que les convives les dévisageaient, se poussaient du coude, et chuchotaient le nom du journaliste.

Lorsqu'ils prirent place à une petite table près de la

70

fenêtre, la serveuse avait retrouvé l'idendité de l'éminent voyageur. Elle leur tendit le menu en observant Matt du coin de l'œil, ce qui amusa beaucoup Angela. Visiblement, son visage était familier à quiconque possédait un poste de télévision.

L'intéressé ne prêtait nulle attention à la curiosité qu'il soulevait, car il en avait l'habitude. Il examinait le menu, et la jeune fille parcourut le sien, avant de faire son choix.

— Je prendrai une sole.

— Est-ce que vous me conseillez la tourte à la viande ? demanda Matt à la serveuse.

Celle-ci prit un ton confidentiel pour répondre :

— Si j'étais vous, je commanderai également du poisson.

Angela pouffa derrière son menu. Ils devaient être les seuls à qui l'on faisait cette recommandation, qui n'était pas une très bonne publicité pour le restaurant.

— Vous êtes bien Matthew Hanlon ? souffla l'employée, en battant des cils d'un air ébloui.

— Oui, et voici Angela Millar, confia le journaliste d'un ton mystérieux.

Il parlait comme s'il venait de faire une révélation importante, et qu'Angela Millar était un personnage bien plus célèbre que lui. La serveuse, impressionnée, ouvrit des yeux ronds, imaginant que le nom lui était familier.

— Alors deux soles, décréta Angela, d'une voix qu'elle s'efforçait de rendre assurée.

— Et la carte des vins, ajouta Matt.

— Tout de suite, messieurs dames.

La jeune femme se hâta vers les cuisines, où elle allait annoncer au personnel que Matthew Hanlon était dans la salle, en compagnie d'Angela Millar.

— Et qui suis-je supposée être ? demanda celle-ci qui s'amusait beaucoup.

— A toi de choisir.

— J'ai trouvé, s'écria-t-elle, en lui lançant un regard

ardent. Je suis ta nouvelle découverte, la célébrité de demain, la future coqueluche de toute l'Angleterre... Tu es mon Pygmalion.

— Dans quelle discipline ?

— Oh, comme tu veux, cela m'est égal. Actrice ou écrivain, j'ai beaucoup de talent. Aujourd'hui, nous sommes en route pour une destination secrète. Ce qui est vrai, en un sens, puisque j'ignore où nous allons.

— Il est vrai également que tu as du talent.

— Bien entendu. Je suis une nouvelle Glenda Jackson.

Elle s'amusait à faire tourner son verre à pied, et Matt lui prit la main. Tout le monde devait croire qu'elle était sa petite amie...

Le vin et le poisson furent dûment apportés par la serveuse empressée, et ils mangèrent avec appétit. Le journaliste buvait peu, mais il remplissait le verre de sa compagne dès qu'il était vide.

— On va penser que tu t'efforces de vaincre ma résistance, plaisanta-t-elle.

— Mais non ! Tu ne résistes déjà plus...

— Au fait, où allons-nous ? interrogea-t-elle, en le regardant droit dans les yeux.

— Tu ne t'en souviens sans doute pas, mais j'ai écrit autrefois un papier sur une certaine Miss Laurimore.

Elle avait dû le lire car, depuis toujours, elle découpait ses articles et les conservait dans un vieux classeur.

— Elle habite une vieille ferme sur la lande, expliqua-t-il. Ses terres sont louées à des fermiers qui en font des pâturages pour le bétail. Cela lui rapporte de quoi vivre. Elle cultive quelques légumes, et se fait livrer les aliments de base par l'épicier, une fois par mois. L'homme qu'elle devait épouser est mort voici quarante ans, et, depuis, elle n'a pas quitté la ferme familiale. Sa mère s'est également éteinte, et il y a maintenant trente ans qu'elle vit seule.

— Elle était photographiée devant sa maison, avec un

chat dans les bras ? C'est une petite femme aux cheveux tout blancs et au visage ridé ?

— Oui, c'est bien Emily.

— Et tu as gardé des relations avec elle ?

— Oui.

— Cela t'arrive souvent de rester en contact avec les gens que tu interviewes ?

— Quelquefois. Il m'arrive aussi de faire un détour pour éviter de rencontrer certains d'entre eux.

Quelques-uns doivent aussi le fuir comme la peste, pensa Angela. Ou bien avoir envie de le tuer, lorsqu'il découvre un secret peu avouable qu'ils s'efforçaient de cacher...

— D'habitude, emmènes-tu quelqu'un chez Miss Laurimore ?

— J'y suis toujours allé seul, jusqu'à présent.

Elle se réjouit d'être la première à partager ce voyage avec lui. Elle termina sa part de gâteau au chocolat, et but un autre verre de vin à la place du café.

— Mm... J'ai sommeil ! annonça-t-elle, en étouffant un bâillement.

— Tu pourras dormir dans la voiture.

— Je n'aime pas fausser compagnie au conducteur, en particulier sur des routes gelées. Le sommeil est contagieux, et je n'ai pas envie que tu t'endormes auprès de moi !

— Tu as dit auprès de moi ?

— Oh ! s'écria-t-elle en rougissant.

— Emily Laurimore n'a jamais entendu parler de notre société permissive. Elle te servira de chaperon.

— Aurai-je donc besoin d'un chaperon ? s'enquit la jeune fille d'un ton détaché.

— J'espère que non...

— Voilà qui est rassurant.

Elle était sûre que rien ne lui arriverait, susceptible de

choquer la sage Miss Laurimore, mais cela ne coûtait rien de rêver...

Lorsque Matt paya l'addition, la serveuse lui demanda un autographe.

— Et le vôtre aussi, Miss... Millar.

Angela apposa sur le papier une signature enjolivée, tout en sachant que, si on l'avait priée de décliner son identité, elle aurait dû avouer qu'elle n'était rien du tout.

Dans la voiture, elle s'efforça de rester éveillée, mais la radio diffusait une musique douce, et, de temps à autre, sa tête basculait en avant. Matt lui ordonna de dormir pour de bon, cependant elle se refusa à céder au sommeil.

— Je ne suis pas égoïste au point de faire la sieste, pendant que tu conduis...

Elle eut beau lutter, ses yeux se fermèrent pourtant malgré elle, et elle s'endormit en pensant aux nuits que Matt devait passer dans les bras de Sonia.

Lorsqu'elle s'éveilla, la voiture était arrêtée devant une petite épicerie, au fond d'une cour pavée. Le journaliste s'apprêtait à ouvrir la portière.

— Je dois faire quelques emplettes, j'en ai pour cinq minutes.

Il sortit avant qu'elle ait eu le temps de proposer de l'accompagner. Le magasin était aligné dans une rangée de maisons de pierres grises. Un peu plus loin derrière, sur une colline, étaient éparpillées quelques habitations aux fenêtres éclairées. Des passants emmitouflés dans d'épais manteaux traversaient la rue, en évitant les plaques de glace. Angela songea fugitivement à sa robe de soie qu'elle n'aurait probablement pas l'occasion de porter. A en juger par cette petite ville figée par la rigueur de l'hiver, c'est en gros pull-over et pantalon qu'elle allait vivre, et même sans doute dormir !

Matt revint avec un volumineux carton qu'il rangea dans le coffre de la voiture.

— Elle vient d'être malade, déclara-t-il, en reprenant sa place au volant.

— Miss Laurimore ?

— Oui. L'épicier est allé prendre sa commande ce matin, comme chaque mois. Emily a la grippe. Le chemin menant à la ferme est encore praticable, mais, s'il neige cette nuit, ce sera terminé. Je vais monter ; toi, il vaut sans doute mieux que tu restes en ville. Je redescendrai te chercher demain matin.

— Sauf s'il neige, et que tu restes bloqué là-haut. Que ferai-je dans ce cas ? Attendre que le printemps arrive ?

— La ferme est très rudimentaire, objecta-t-il. Il n'y a pas d'électricité, ni d'eau courante. Je ne sais pas si c'est très recommandé pour toi, avec cette température…

— Trop tard, déclara-t-elle avec obstination. Je suis là, et je n'ai pas l'intention d'être abandonnée dans n'importe quel vieux pub. Si tu y vas, j'y vais aussi.

— Au moins, c'est catégorique. Pourquoi pas, après tout ?

— Tu connais le chemin ? demanda Angela, toute sa joie retrouvée. Tu es sûr que nous n'allons pas nous perdre dans la lande, si la neige se met à tomber ?

— Nous avons des vivres à l'arrière de la voiture. Si nous nous égarons, il nous suffira de construire un igloo, et d'espérer la fonte des glaces.

Ils quittèrent le village, et s'engagèrent sur une petite route sinueuse sans croiser une seule voiture. La nuit ne tarderait pas, et les collines dépouillées se paraient de teintes étranges et fantastiques. La voiture cahotait sur la neige durcie, cependant la route était plutôt bonne, dans l'ensemble. Après un brusque virage sur la gauche, elle se transforma en chemin pour le bétail. Les jeunes gens se taisaient, impressionnés par l'atmosphère un peu surnaturelle du paysage. Le sentier était très étroit, on voyait seulement quelques traces de pneus sur la neige presque vierge. A cette époque de l'année, peu de gens se risquaient dans cet endroit désert. Matt arrêta son véhicule le long d'une barrière à moitié effondrée.

— Nous sommes arrivés, annonça-t-il. A partir de là, il faut marcher.

— C'est ici que l'épicier lui dépose sa commande mensuelle ?

— Oui. Il reste huit cents mètres à parcourir à pied.

On ne distinguait pas la moindre maison, seule la lande s'étendait à perte de vue. Angela frissonna, et Matt se tourna vers elle.

— Tu es prête ?

— Oui. Je vais prendre une écharpe dans ma valise.

Ils quittèrent la chaleur confortable de la voiture, pour affronter la morsure du vent glacial. La jeune fille ouvrit sa grosse valise, et sourit devant le désordre de ses vêtements légers.

— J'aurais mieux fait de les laisser à *Chapel House*...

Le bagage du journaliste était de taille réduite, car il n'avait emporté que l'essentiel.

— Si nous mettions tout ensemble ? proposa-t-il. Tu pourrais tirer la valise sur les roulettes, et moi je porterais le carton.

— D'accord.

Elle retira ses vêtements inutiles, et les rangea dans la voiture. Ensuite, elle entortilla sa tête dans sa longue écharpe de mohair, ne laissant apparaître que le bout de son nez. Matt souleva les provisions comme une plume, et, l'un derrière l'autre, ils franchirent la barrière, et s'enfoncèrent dans la campagne gelée.

Jamais Angela n'avait vu de paysage aussi désolé. Les brins d'herbe raidis par le gel craquaient sous ses pas, l'air vif faisait pleurer ses yeux. Seule, la présence de son compagnon, l'empêchait de se sentir envahie par une sourde angoisse.

Ils ne parlaient guère ; de temps à autre, Matt se retournait pour lui sourire. Le poids du carton ne semblait pas lui peser. Il n'a besoin de personne, songea-t-elle. Il pourrait bien traverser cette lande déserte d'un bout à l'autre sans moi, quelle différence ? Cette pensée la décontenança davantage, et le vent de la nuit lui parut encore plus froid.

Au début, ils avaient longé un mur, puis, coupant à travers champs, ils avaient atteint une sorte de tranchée peu profonde, à fond plat.

— C'est le lit d'une rivière ? s'enquit Angela.

— Non. Les vestiges d'une ancienne voie romaine. Sous la neige, il reste des pavés.

Elle imagina les légions romaines progressant lentement dans la campagne en direction du Mur d'Hadrien, des colonnes de soldats, disparus depuis près de deux mille ans. Elle crut presque voir leurs fantômes vagabonder sous forme d'ombres noires, et, s'arrêtant un moment, elle contempla la route déserte.

— Ça ne va pas ? demanda le journaliste.

Il posa son fardeau, et la prit par les épaules.

— Nous arrivons. La maison est de l'autre côté de cette colline. Laisse la valise, je reviendrai la chercher. Repose-toi une minute.

Sans un mot, elle se laissa aller contre lui, et ferma les yeux. Le bras de Matt la soutenait, et, peu à peu, il lui communiquait sa chaleur.

— Je ne suis pas fatiguée, expliqua-t-elle au bout d'un moment. Je poursuivais des fantômes...

— On en parle, dans ce coin-là.

— Qui ? Miss Laurimore ?

Pourquoi n'osait-elle pas nouer ses bras autour de son cou, comme elle en mourait d'envie ? Même à travers les gants, elle aurait senti la masse soyeuse de ses cheveux. Cependant, elle resta aussi immobile qu'une statue.

— Le seul fantôme qui éveille l'intérêt d'Emily est celui de Tom. Elle vit dans son souvenir.

— Depuis quarante ans ? C'est tout une vie...

Elle regarda le visage grave et séduisant de Matt, et comprit que ses souvenirs de lui seraient toujours présents à sa mémoire.

— C'est dangereux de vivre pour une seule personne, souffla-t-elle. Il est sans doute préférable de ne pas aimer de cette façon...

— Je suis parfaitement d'accord avec toi.

Elle prit cette affirmation pour un avertissement, et changea de sujet.

— Je suis contente que nous soyons presque arrivés. Je n'ai jamais eu si froid !

Au loin, ils aperçurent une petite fenêtre où brillait de la lumière. La ferme Laurimore semblait massive et imposante, mais, en approchant, la jeune fille se rendit compte que la plupart des bâtiments étaient des dépendances, des granges et des étables occupées autrefois par du bétail. A présent, tout était vide, à l'abandon. Une mince couche de neige durcie couvrait la cour pavée.

— Elle vit seule ici toute l'année ! s'exclama-t-elle.

Sans répondre, Matt la précéda. La porte s'ouvrit, et une grande femme avec un châle de laine sur les épaules apparut. Angela s'étonna de sa taille et de son maintien. Emily Laurimore se tenait droite comme si les années ne l'avaient pas marquée. Elle portait une grosse veste de laine grise, et une jupe de même étoffe qui lui descendait jusqu'aux chevilles.

— C'est toi, mon grand ? demanda-t-elle.

Matt s'approcha et prit les deux mains tendues dans les siennes.

— Alors, si j'ai bien entendu, vous avez eu la grippe ? dit-il gentiment.

— Comment aurais-je attrapé la grippe ? plaisanta Emily, en éclatant d'un rire étonnamment frais.

— Vous ne semblez pas trop mal en point, c'est vrai, admit-il. Voici Angela, ajouta-t-il en surprenant le regard de la vieille dame. C'est la fille de William Millar.

Emily Laurimore connaît toute l'histoire de ma famille, pensa Angela, en regardant un gros matou qui se frottait en ronronnant contre les jambes de sa maîtresse.

— Bienvenue, ma petite, articula celle-ci, avec un sourire bienveillant.

Ils pénétrèrent dans une grande pièce rustique dont les murs et le plafond étaient noirs de suie. Un vieux poêle en fonte occupait un coin de la salle. Les meubles étaient de style victorien, en acajou soigneusement ciré.

Une lampe à huile, posée sur la grande table, diffusait une lumière un peu jaune, mais particulièrement chaleureuse.

— J'ai fait un poulet, annonça Emily ; vous ne mourrez pas de faim.

— Quand prenez-vous ces pilules ? interrompit Matt qui venait de trouver quelques boîtes sur la commode.

— Demain matin. C'est le dernier flacon, s'empressa de répondre la vieille dame, en prenant place dans un rocking-chair, tandis que le chat sautait sur un pouf installé contre le poêle.

— Vous avez déjà avalé le reste ?

Il regardait sévèrement Emily, comme un enfant désobéissant.

— Vous n'avez rien pris du tout, affirma-t-il.

— Je me suis soignée toute seule. Rien ne vaut un whisky chaud arrosé de miel et de jus de citron. Ça et le lit pendant deux jours... Le docteur est un très brave homme, je n'ai pas voulu l'offenser.

Elle s'efforçait de ne pas tousser en parlant, et paraissait respirer avec difficulté. Cependant, elle ne semblait pas très souffrante.

— Le prix du whisky n'a pas diminué, poursuivit-elle sur le ton d'une conversation de salon, tout en lançant un regard perspicace vers Angela. C'est donc vous l'élue ? questionna-t-elle à brûle-pourpoint.

— Non, je...

— Angela et moi sommes de très vieux amis, intervint Matt.

Quelle sotte je suis, pensa Angela qui était devenue écarlate. Elle n'osait pas regarder ses compagnons, aussi feignit-elle de s'intéresser au chat qui la fixa d'un œil farouche.

— L'amitié est un bon début. Nous étions de très bons camarades, Tom et moi.

— Voilà Tom, expliqua Matt.

Angela s'approcha du mur où était accrochée une photographie un peu jaunie dans un grand cadre ouvragé. Elle reconnut Emily, jeune fille souriante coiffée de deux longues nattes, penchée vers un soldat en uniforme au maintien fier et énergique.

— Nous devions nous marier au cours d'une de ses permissions, confia la vieille dame. Mais il y a eu Dunkerque…

— Je suis désolée…

— Il ne faut pas, s'écria Emily, en retrouvant soudain le sourire de ses vingt ans. Tom ne me quittera jamais, vous savez.

Une telle sérénité illuminait son regard qu'Angela se prit à l'envier. Elle comprit pourquoi le journaliste lui était attaché : Emily Laurimore était une femme remarquable. De surcroît, elle adorait Matt. Elle leur montra les cartes postales qu'il lui envoyait de ses lointains voyages, et qu'elle conservait dans une vieille boîte en carton.

Ils prirent place autour de la table pour savourer le poulet qui avait cuit avec des légumes, dans une grosse marmite. Leur hôtesse n'avait pas encore retrouvé tout son appétit, et elle se contenta de grignoter en regardant ses invités. Ensuite, Matt et elle se mirent à bavarder ; il était clair qu'ils se connaissaient bien. Angela les observait avec une certaine nostalgie : tous deux possédaient une force qui lui paraissait impossible à acquérir.

A côté d'eux, songea-t-elle, je suis aussi fragile et désarmée qu'un oiseau tombé du nid. Je me sens seule, parce qu'ils semblent m'avoir exclue de leur petit cercle...

Au bout d'une heure, Emily décida qu'elle allait se coucher. Elle monta avec une brique chaude qu'elle glisserait dans le lit. Matt coucherait sur le sofa, et Angela dans la chambre d'amis qu'il occupait généralement. La pièce était meublée très simplement ; un énorme édredon de plumes, recouvert d'une housse rose fané trônait sur le lit.

La maison ne possédait pas l'eau courante, et on était obligé de se laver dans une sorte d'évier en ciment, où arrivait l'eau d'une source qui courait sous la glace.

C'était un confort un peu primitif, inhabituel pour Angela. Lorsque Emily les eut quittés, Matt s'écria :

— L'endroit n'a rien d'un hôtel quatre étoiles... Je t'avais avertie, un peu tard peut-être ; tu aurais pu dormir au pub du village.

— Tu as raison, c'est assez sinistre. En été, cette vieille ferme doit cependant être fantastique. Tu y viens parfois ?

— Cela m'est déjà arrivé.

— Tu m'emmèneras, la prochaine fois ?

— Juré.

Encouragée par cette promesse, la jeune fille aurait volontiers continué à bavarder une partie de la nuit, à la lueur douce de la lampe. Le journaliste n'était pas de cet avis.

— Tu devrais te reposer, Angel, suggéra-t-il gentiment.

Docilement, elle se leva, fit un petit signe de la main, et se dirigea vers l'escalier.

Dans la chambre d'amis, Emily avait allumé la lumière, et déposé une brique chaude entre ses draps, mais il faisait très froid. Par la fenêtre, elle vit les flocons de neige tomber en rangs serrés. Parfois, une rafale de vent les faisait tourbillonner. Demain matin, la ferme serait peut-être bloquée.

Angela enleva ses bottes et sa jupe de tweed. Elle éteignit la lampe et se glissa dans le lit, les pieds posés sur la surface rugueuse de la brique. Peu lui importait d'être isolée dans ce coin perdu du Yorkshire. Elle aimait bien Emily ; quant à Matt, elle lui vouait un tel amour, qu'elle aussi serait peut-être la femme d'un seul homme, pendant toute sa vie. Elle se demanda si Tom et Emily avaient vécu une nuit d'amour, avant d'être séparés pour toujours... et si Emily gardait le souvenir de ces moments précieux au fond de son cœur.

Elle désirait Matt de cette façon. La force de ses sentiments lui causait une douleur presque physique. Ne pouvant supporter plus longtemps sa solitude, elle se leva comme une somnambule. Un jour, elle s'était offerte à lui comme une enfant. Aujourd'hui, elle était une femme, et tout serait différent.

Dans la grande salle, la lampe brûlait toujours. Matt était debout à la fenêtre, perdu dans la contemplation de la nuit et de la neige. Il se retourna au craquement de la porte.

— Il fait froid là-haut, dit simplement Angela. Puis-je rester avec toi ?

Elle parlait bas, mais il connaissait la signification de ses paroles. Impassible, il lui rendit son regard. Le sifflement du vent parut s'intensifier soudain, et elle entendit :

— Bien sûr.

5

Angela resta paralysée sur place. Lorsque Matt s'approcha d'elle, ses genoux semblèrent se dérober, et il dut la retenir pour qu'elle ne tombe pas. Ses yeux se remplirent de larmes, et elle se mordit les lèvres pour ne pas pleurer. Elle avait l'impression d'être à bout de forces.

Pourtant, elle n'avait jamais été aussi heureuse. Ils s'assirent l'un près de l'autre sur le sofa, et elle balbutia :

— Je... je ne sais pas... ce qui m'arrive. C'est peut-être Emily... et l'histoire de... de son amour malheureux...

— C'est sans doute cela, en effet.

— Je ne pouvais pas rester là-haut. J'avais besoin d'être auprès de toi...

— Je suis là, à présent, murmura-t-il doucement, en lui caressant les cheveux.

Mue par une impulsion irrésistible, elle se serra contre lui, et s'aperçut alors qu'il la réconfortait gentiment, rien de plus. Ses mains à lui ne tremblaient pas, ne s'impatientaient pas...

— Est-ce que tu me trouves séduisante ? souffla-t-elle.

— Tu n'as pas besoin de moi pour le savoir.

— Si ! cria-t-elle. Si !

Il tourna vers elle son visage impénétrable :

— Tu es une jeune femme extrêmement séduisante.

— Alors pourquoi ne me fais-tu pas la cour ?

— Ce modeste sofa n'est pas très approprié pour une scène de séduction...

— Il y a un lit, là-haut...

— Et Emily dans la pièce voisine.

Il avait adopté le ton de la plaisanterie. Comme il devait la trouver sotte ! Angela résista au chagrin qui, peu à peu, s'emparait d'elle.

— Ne te moque pas de moi, Matt.

— Loin de moi cette idée !

Il lui prit le menton, et la regarda droit dans les yeux le plus sérieusement du monde.

— Tu as bien fait de quitter Gareth, assura-t-il. Tu vaux mille fois mieux que lui, il n'est pas nécessaire d'essayer de me le prouver.

— Ce n'est pas cela du tout ! protesta-t-elle. Je ne cherche pas à effacer Gareth de mon esprit... Suis-je totalement dépourvue de séduction ?

— Au contraire.

— Alors ?

— Une aventure entre nous pourrait se révéler trop... compliquée.

— Et tu préfères une vie tranquille ?

— Sur le plan sentimental, oui.

C'était à cause de son orgueil blessé, pensait-il, qu'elle venait à lui, pour se prouver qu'elle était irrésistible, et il ne voulait pas la rassurer. Il avait certainement pour elle une grande affection, mais, s'il l'avait aimée, il aurait accepté le cadeau qu'elle lui offrait.

Pourtant, ce soir, elle ne se sentait pas humiliée, comme la première nuit où il l'avait rejetée. Au fond de son cœur, une immense douleur s'était installée qui la glaçait davantage que le froid de l'hiver.

Vaillamment, elle s'efforça de parler d'un ton détaché.

— Très bien, Matt. Tu vas dormir là-haut, sous l'édredon de plumes. Moi, je reste près du poêle.

Elle fit gonfler le coussin qui se trouvait derrière elle et y posa la tête. Puis elle se mit à bâiller ostensiblement, tandis qu'il se levait.

— Cela t'ennuie si je m'installe sur deux chaises ?

— Tu peux même t'allonger sur le coussin du chat ! répliqua-t-elle sans le regarder.

Les yeux mi-clos, elle le vit approcher un vieux fauteuil d'une chaise en bois.

— Si nous sommes bloqués par la neige demain matin, il vaut mieux que nous soyons amis, déclara-t-il, en arrangeant une couverture sur son lit de fortune.

Inutile de lui avouer mon amour, décida Angela. Il ne me croirait pas. Il est persuadé que je cherche à oublier Gareth. Et il ne m'aime pas, alors, autant parler à un mur...

— D'accord, répondit-elle enfin. Soyons amis, rien de plus.

Elle lui tendit la main qu'il serra fortement dans la sienne. Un jour viendra peut-être, espéra-t-elle, où il posera un regard neuf sur moi.

— Je te réveille, si tu ronfles ? lança-t-elle d'un ton léger.

— Essaie, et je t'expédie là-haut sous l'édredon.

Il se baissa, et déposa un baiser sur son front.

Elle écouta un moment les hurlements du vent au dehors. La pièce était peuplée d'ombres étranges. Elle crut que la présence de Matt l'empêcherait de dormir, cependant elle sombra presque immédiatement dans un profond sommeil.

Lorsqu'elle ouvrit les yeux, il faisait jour.

— Une tasse de thé ? proposa-t-il, tandis qu'elle se redressait sur un coude. J'en monte une à Emily.

Il déposa la tasse au pied du sofa. Le thé était prêt à boire, il contenait déjà du lait et du sucre.

— Comment as-tu passé la nuit, sur les chaises ? demanda la jeune fille qui se sentait un peu ankylosée.

— Pas trop mal, assura-t-il, apparemment en pleine forme.

— Je suppose que tu es habitué à dormir dans des positions plus ou moins confortables...

— J'ai même failli dormir debout comme les fakirs...

Elle pensa aux dangers qu'il avait si souvent frôlés, et se réjouit de partager quelques moments avec lui, dans cette paisible petite ferme éloignée de tout.

La neige était tombée toute la nuit, et, dans la cour, l'épaisseur atteignait presque cinquante centimètres. Après le petit déjeuner, les deux jeunes gens commencèrent à dégager un chemin en direction de l'ancienne voie romaine. L'un maniait la pelle, l'autre le balai, ils s'amusèrent beaucoup.

L'admiration d'Angela à l'égard d'Emily s'accrut de jour en jour. Miss Laurimore possédait un courage et un humour que beaucoup lui auraient enviés. En dehors de l'épicier, elle n'avait pratiquement aucun contact avec des êtres humains, pendant l'hiver ; cependant, sa conversation était passionnante, ses réparties pleines d'esprit et de gaieté.

Malgré sa certitude que son Tom ne l'avait pas quittée, elle n'avait rien d'une excentrique. Au contraire, toute sa personnalité reflétait un solide bon sens. Lorsque Angela la questionna au sujet des fantômes des soldats romains, elle répondit qu'elle ne les avait jamais vus.

— Rien n'est impossible, expliqua-t-elle, en pétrissant une pâte à tarte. Mais je plains ces pauvres bougres, s'ils sont toujours en route pour la guerre...

Du premier, leur parvint un formidable coup de marteau : Matt était occupé à fixer une latte du plancher. A brûle-pourpoint, la vieille dame demanda :

— Vous l'admirez, n'est-ce pas ?

Angela acquiesça de la tête.

— Est-ce qu'il est très différent, dans son métier ? s'enquit encore son interlocutrice.

— Je suppose que oui. Il est célèbre...

Il est également riche et intelligent, pensa-t-elle sans l'exprimer. Et il n'a sûrement jamais l'occasion de planter un clou...

— Est-ce qu'il est gentil ?

Aux yeux d'Emily, c'était mille fois plus important que la célébrité.

— Il a toujours été gentil avec moi, assura Angela avec chaleur.

Emily glissa adroitement la pâte dans la tourtière, aplatissant les bords avec son pouce.

— J'ai l'impression qu'il peut se montrer dur, parfois.

— C'est vrai aussi, admit la jeune fille.

Emily essayait-elle de la mettre en garde, sans en avoir l'air ? Tout le monde était dur dans ce métier, Matt n'était pas une exception. Elle aurait donné beaucoup pour que ces vacances n'aient pas de fin.

La vieille dame s'occupait seule de la cuisine : le maniement du four demandait une certaine habitude. Le journaliste effectuait les petites réparations dont la maison avait besoin, tandis qu'Angela tenait la boîte à clous, et lui tendait les outils. Ensemble, ils parcouraient la lande, escaladant de petites collines où le vent avait balayé la neige. Leurs pas faisaient craquer l'herbe gelée, des touffes de bruyères rousses apparaissaient sous les plaques de glace. Deux fois, ils se rendirent à la voiture pour vérifier l'état de la batterie. Lors de ces randonnées, ils ne rencontrèrent jamais âme qui vive.

Parfois, Tab, le gros chat de gouttière, les accompagnait un moment comme l'aurait fait un chien, marchant délicatement sur la neige. Cependant, il se lassait bien avant eux de ces promenades bucoliques, et rejoignait Emily pour attendre leur retour en sa compagnie.

Tous les soirs à sept heures, leur hôtesse montait se

coucher. Elle était complètement guérie, et avait retrouvé toute son énergie.

Matt et Angela restaient assis près du poêle, à bavarder ou à jouer aux échecs. Angela ne s'ennuyait pas une seconde, et Matt semblait parfaitement heureux. Dès le deuxième jour, elle était retournée dormir au premier, et n'était jamais redescendue dans la grande salle avant le petit déjeuner. Elle n'avait aucune intention de renouveler sa démarche, espérant seulement que Matt le ferait à sa place. Malgré l'amitié qui les liait un peu plus chaque jour, le moment n'était pas encore venu, elle le savait. Néanmoins, elle était presque persuadée que Matt l'aimait un peu.

La perspective de quitter la ferme la désolait, et, le matin de leur départ, qui était un samedi, elle s'éveilla avec un léger mal de tête. Elle crut d'abord que la contrariété en était la cause, mais elle s'aperçut en avalant que sa gorge était également douloureuse, et elle comprit qu'elle avait pris froid, ou bien qu'elle avait attrapé le microbe d'Emily. Il fallait donc qu'elle rentre. La civilisation avait ses charmes en cas de maladie : une chambre bien chauffée, une bouillotte d'eau brûlante, et la présence rassurante du docteur accouru sur un simple coup de fil n'étaient pas à dédaigner.

Elle s'habilla et parvint à faire bonne figure au petit déjeuner, si bien que personne ne remarqua son manque d'entrain. Elle avait probablement de la température, mais ne voulait pas inquiéter inutilement ses compagnons.

— Pourrai-je revenir ? demanda-t-elle, lorsqu'Emily l'embrassa pour lui dire au revoir.

— Quand vous voulez, répondit celle-ci, en jetant un regard vers Matt.

Le temps s'était légèrement radouci et le chemin qui menait à la voiture était boueux et glissant. Angela s'effondra sur les coussins, les jambes en coton. Elle pourrait acheter de l'aspirine et des pastilles pour la gorge en ville.

— Je m'arrêterai chez le docteur qui a soigné Emily, l'informa Matt.

Angela faillit lui dire qu'elle l'accompagnerait, mais elle se retint. Une visite chez le médecin les retarderait, elle saurait bien trouver une pharmacie toute seule.

Le journaliste gara la voiture devant l'épicerie, comme la première fois.

— Le docteur habite là, expliqua-t-il en montrant une grande maison de l'autre côté de la rue. Tu m'attends ?

— Je vais regarder les vitrines.

Lorsqu'elle ouvrit la portière, un frisson la parcourut, lui ôtant toute envie de s'éloigner. Elle se contenta d'entrer dans l'épicerie et demanda s'ils vendaient de l'aspirine et des pastilles pour la gorge. La vendeuse, souriante, lui tendit deux boîtes, et questionna d'un air entendu :

— Vous n'auriez pas attrapé la grippe d'Emily, par hasard ?

— Je crois que si.

Dans le village, le moindre événement était important, et leur passage n'était pas demeuré inaperçu.

— Elle va bien mieux, ajouta Angela. C'est une femme merveilleuse, n'est-ce pas ?

— C'est un personnage, affirma l'autre avec admiration.

— Elle se fournit chez vous ?

— Une fois par mois. Nous déposons ses achats à l'entrée du chemin. Mais tant qu'elle ne sera pas totalement guérie, nous irons jusqu'à la ferme.

— Pourriez-vous y joindre ceci ? s'enquit la jeune fille, en prenant une grande boîte de gâteaux secs sur une étagère.

— Je l'inscris sur le compte ?

— Non. Je paye tout de suite.

— Miss Laurimore a de la chance, poursuivit l'épicière sur le même ton. C'est une grande amie de M. Hanlon.

Comme un client pénétrait dans le magasin, elle chuchota :

— Elle ne se doute de rien, vous savez. De rien du tout. C'est généreux de sa part, tout ce qu'il fait pour elle depuis des années...

Angela sortit et remonta dans la voiture en se demandant de quels bienfaits elle voulait parler. Matt réglait certainement une partie des factures, à l'insu d'Emily. De quoi d'autre pouvait-il être question ? C'était généreux en effet, de la part de Matt, même si l'on tenait compte de l'argent dont il disposait.

Peut-être me considère-t-il de cette façon ? songea Angela. Comme un moyen de pratiquer la charité ? Une bonne cause, en quelque sorte...

Dans la voiture, elle croqua deux aspirines qui lui écorchèrent la gorge au passage. Puis elle se mit à sucer un comprimé à effet adoucissant jusqu'au retour du journaliste.

— Le docteur m'a assuré qu'elle était robuste comme un chêne. Il n'a pas pensé une seule seconde qu'elle prendrait les antibiotiques qu'il lui avait prescrits, annonça celui-ci, en s'asseyant au volant.

Il paraissait heureux ; elle se réjouit avec lui, et s'empressa d'ajouter :

— L'épicière trouve merveilleux ce que tu fais pour Emily depuis des années, sans qu'elle s'en doute.

Pour toute réponse, Matt tourna vers elle un regard sombre et dépourvu d'aménité. Lorsqu'il ouvrit la porte de la voiture — dans l'intention évidente de déclencher un scandale dans le magasin — Angela le retint.

— Je t'en prie, n'y va pas. Elle m'a crue dans la confidence... Comme je t'accompagnais, j'étais supposée savoir que tu payais une partie de ses factures. Il s'agit de cela, n'est-ce pas ?

— Ce ne sont pas tes affaires, déclara-t-il sèchement. A présent, oublie cela. Emily est très fière : elle préférerait mourir de faim, plutôt que d'accepter la charité des autres.

Comme si elle avait l'intention d'y faire la moindre allusion ! Il la jugeait vraiment indélicate, et totalement dépourvue de sensibilité !

— Qu'imaginais-tu ? Que j'allais lui envoyer une carte postale pour tout lui révéler ?

Devant le ton outragé de sa compagne, Matt se radoucit, et son visage retrouva sa sérénité. Il posa sa main sur l'épaule d'Angela.

— Tu as raison, excuse-moi.

La jeune fille sourit. Le pardon était déjà accordé. Matt mit la voiture en marche, et ils gagnèrent la grand-route. Angela écoutait parler son compagnon. Elle aimait sa voix, où passaient toutes sortes de nuances. Parfois dure et incisive, lorsqu'il travaillait, elle pouvait aussi être légère, ou bien prenante et sensuelle. Tout en conduisant, il racontait l'histoire d'Emily.

— Si, par hasard, elle devait quitter la ferme, elle n'y survivrait pas. Ce serait perdre Tom une nouvelle fois. Lorsque je l'ai rencontrée, elle avait déjà presque épuisé ses dernières économies. Régler une partie de ses factures d'épicerie ne l'eût pas dupée longtemps…

— Alors ?

— Alors, nous avons inventé un vague cousin éloigné de Tom, qui serait mort en lui laissant une petite somme. Emily hérita ainsi de quelques centaines de livres, qui, sous forme de placement, paient l'essentiel de son alimentation.

Un faux héritage ! Quelle générosité de la part du journaliste !

— C'est très bien, Matt, de faire cela pour elle. Elle a

ainsi la possibilité de rester à la ferme avec son cher Tom.
Je me demande depuis un moment, murmura-t-elle, si je
suis une autre Emily ?

— Quoi ?

— Je te donne l'occasion de te livrer à des actes de
bienfaisance...

— Depuis quand as-tu besoin de la charité des autres ?

— Eh bien, tu me viens en aide, n'est-ce pas ? Tu m'as
procuré un emploi...

— Mais tu vas travailler pour le mériter ! Je ne suis pas
un homme facile, Angela. Je suis même parfois capable
de me conduire comme un mufle.

— Tu te vantes ! affirma-t-elle, en éclatant de rire.

Il se pencha pour déposer un chaste baiser sur ses
lèvres.

— Qu'est-ce que tu manges ? demanda-t-il, en faisant
la grimace.

— Des pastilles pour la gorge. Je couve un rhume,
c'est pourquoi je suis allée à l'épicerie. C'est tellement
amer, que c'est probablement très efficace !

Elle avait hâte d'arriver à *Chapel House*. Discrètement,
elle avala encore deux aspirines lorsqu'ils s'arrêtèrent
pour déjeuner, et ne prit qu'un potage. Matt semblait
préoccupé. Les vacances étaient terminées, et son esprit
était ailleurs.

Sans le mal de tête qui ne la quittait pas, Angela
l'aurait questionné sur ses projets immédiats, car, après
tout, elle devait travailler pour lui. Cependant, elle était
bien trop épuisée pour exprimer deux idées cohérentes.
Elle termina le voyage le mouchoir à la main, le corps
parcouru de frissons.

Ils trouvèrent le village pareil à lui-même. Le journaliste porta les valises dans la maison, alluma quelques
lampes, et se dirigea aussitôt vers son bureau, où
s'amoncelait une pile de lettres. Au lieu d'aller chercher

92

son propre courrier à la villa, la jeune fille mit la bouilloire sur le feu, et attendit dans la cuisine.

Matt écoutait son répondeur téléphonique, tout en ouvrant les nombreuses enveloppes. Angela, elle, rêvait d'une seule chose : se coucher, et elle observait l'énergie de son compagnon d'un œil envieux.

Elle aurait dû être auprès de lui, son bloc-notes à la main, mais elle n'était pas certaine de pouvoir écrire un mot correctement. Pourquoi n'avait-il pas, lui aussi, attrapé la grippe d'Emily ? Elle ne se rappelait pas l'avoir jamais vu malade, ni même fatigué. Matt était une véritable mécanique humaine, et c'était parfaitement injuste. De quoi avait-elle l'air, avec ses deux tasses de thé péniblement préparées ? Elle se leva avec difficulté, et remplit prudemment la théière. Depuis l'autre extrémité de la pièce, lui parvenaient différentes voix qui donnaient leurs noms avec un message. Tout à coup, celle de Sonia résonna : « Bonjour mon chéri, appelle-moi dès que possible, ou viens me voir. Je m'ennuie de toi. » Un petit bruit se fit entendre : Matt avait débranché l'appareil.

Angela, qui n'avait pas quitté son manteau, passa devant le bureau du journaliste. Son courrier ouvert était étalé devant lui, et il prenait des notes. Une fois dans sa chambre, la jeune fille suspendit son manteau dans la penderie, s'assit sur son lit et ôta lentement ses bottes. Puis elle s'allongea de tout son long, le nez dans l'oreiller.

Elle n'avait pas accordé la plus petite pensée à Sonia pendant toute la semaine, et voilà, qu'à peine arrivée, son existence redevenait une réalité. « Bonjour chéri... » Angela ne supportait pas l'idée que Matt était l'amant de cette femme.

Il t'est resté fidèle, Sonia, tu peux être rassurée... même malgré ma présence. Aucun danger de ce côté-là, d'ailleurs, je ne suis pas son type...

Elle aurait dû le rejoindre pour travailler, mais elle souffrait trop, physiquement et moralement. Il n'a jamais emmené Sonia chez Emily, se dit-elle, pour se réconforter. Sans succès. Sonia n'apprécierait certainement pas l'installation rudimentaire de la ferme. A elle les établissements de luxe, où tout le monde la reconnaîtrait, où elle signerait des autographes d'une main nonchalante, tandis que des serveurs zélés lui tendraient des coupes de champagne...

Angela éternua, s'assit sur son lit, et se moucha. Elle allait descendre boire sa tasse de thé, et se sentirait beaucoup mieux après. Quelle idée de se mettre dans un pareil état pour un simple appel téléphonique !

Matt frappa trois petits coups à la porte, et elle cria :

— Je viens tout de suite !

— Tu vas bien ?

— Très bien !

— Il y a du nouveau : je dois partir.

Elle ouvrit la porte. Matt avait déjà enfilé son manteau. Il avait pris une décision rapide.

— Quand seras-tu de retour ?

— Mercredi, sans doute.

Il aurait dit : « dans six mois », elle n'aurait pas été plus abattue.

— J'ai noté pour toi un numéro de téléphone, ajouta-t-il brièvement.

Voilà comment il était : il ne rendait de comptes à personne. Il allait et venait au gré de sa fantaisie, laissant un mot pour June Johnson, un numéro de téléphone pour sa secrétaire.

— Puis-je faire quelque chose pendant ton absence ? demanda-t-elle, d'une voix qu'elle s'efforçait de rendre assurée.

Jamais elle n'admettrait l'état lamentable dans lequel elle se trouvait ; cela signifierait qu'elle cherchait sa sympathie...

— Il y a un dossier bleu dans le tiroir de gauche du

bureau ; j'aimerais que tu dactylographies ce qu'il contient.

— D'accord.

Son travail était plus important que la grippe d'Angela, et il ne retarderait pas son départ pour elle. Autant lui faire bonne figure.

Elle commençait à ranger ses vêtements, lorsqu'il lui cria « au revoir ! » du bas de l'escalier.

— Ne conduis pas trop vite !

Il n'était même pas fatigué après leur long voyage sur des routes difficiles. A présent, il partait pour Londres retrouver Sonia, elle en était certaine. *J'espère que tu seras trop exténué pour parler, pour ébaucher le moindre geste, et même pour embrasser cette mijaurée !* pensa-t-elle avec humeur.

Elle entendit la voiture s'éloigner. Donnant un coup de pied dans sa valise, elle s'écroula sur son lit.

Le silence régnait autour d'elle. Au bout d'un moment, elle descendit, éteignit toutes les lumières, verrouilla les portes. Ensuite, elle ouvrit une bouteille de jus d'orange, avala deux aspirines, se déshabilla et sombra aussitôt dans un sommeil agité, et peuplé de cauchemars.

Elle s'éveilla plusieurs fois, incapable de se rappeler les images compliquées qui venaient de défiler dans son esprit confus. Elle avait seulement l'impression qu'on cherchait à la détruire. Son visage était mouillé. Etait-ce la fièvre ou des larmes ? Elle passa une nuit de souffrance qui lui parut interminable.

Pourtant l'aube vint. Elle s'éveilla avec le jour. L'esprit presque clair, elle se trouva stupide d'avoir laissé partir Matt sans l'avertir. Elle aurait également pu appeler le docteur, ou une amie, pour se réconforter. Cependant, elle n'avait même pas le courage de marcher jusqu'au téléphone !

Elle se rendormit presque aussitôt et, cette fois-ci,

aucun rêve ne troubla son repos. Le dimanche passa sans qu'elle s'en aperçût, et le lundi matin elle ressentit un léger mieux. Elle alla chercher une autre bouteille de jus d'orange, et resta couchée, sans prendre la peine de répondre lorsque le téléphone sonnait.

Le mardi, elle décida de se lever pour voir si le réfrigérateur contenait quelque aliment simple, adapté à une convalescente.

Trois jours de fièvre et de jeûne l'avaient terriblement affaiblie. Ses mains paraissaient plus pâles et plus minces, toute son énergie l'avait quittée. Assise sur son lit, elle referma les yeux, en s'exhortant à bouger.

La porte s'ouvrit tout à coup, la faisant sursauter.

— Oh ! s'écria June Johnson, l'aspirateur à la main. Je voulais faire les chambres, mais j'ignorais que vous étiez là.

— Désolée, s'excusa Angela sans véritable raison, puisqu'elle se trouvait dans son lit. Je suis rentrée samedi.

June avait surmonté le choc ; à présent, elle paraissait consternée.

— Personne n'a ramassé le courrier, ce matin. Je croyais que vous étiez repartie...

— Je suis restée couchée avec la grippe.

— Où est M. Hanlon ?

— Il est parti samedi soir. Il sera de retour mercredi.

— Vous avez une tête épouvantable ! s'exclama l'autre, en la dévisageant de plus près.

— Je sais, lâcha Angela, en se levant d'un bond.

Elle fut prise d'un étourdissement, et se cacha les yeux avec sa main.

— Recouchez-vous, et ne bougez plus. Je vais vous préparer une tasse de thé.

— Oui, merci.

June Johnson était peut-être une incorrigible bavarde, mais elle possédait un caractère généreux. Le thé brûlant qu'elles burent ensemble réconforta la jeune fille. June s'était assise près de la fenêtre, et l'observait d'un air pensif. Tout à coup, elle demanda :

— Vous avez vu le docteur ?

— Non, je me suis contentée de rester au lit. D'ailleurs, je suis presque guérie, je ne pense plus avoir de température.

— Oh, ma pauvre petite ! proféra la femme de ménage sur un ton théâtral. Il n'aurait jamais dû vous laisser dans cet état !

— Mais je peux le joindre au téléphone quand je veux, et il n'est pas mon garde-malade, que je sache !

— Non, en effet ! admit son interlocutrice en ricanant.

Angela n'était pas en état de déchiffrer des allusions obscures. Elle n'avait aucune envie de connaître le fond de la pensée de June. Le thé lui procurait une agréable sensation de chaleur. Elle en avala une nouvelle gorgée, tandis que sa compagne revenait à la charge :

— Alors, vous avez quitté votre travail ? Autre chose en vue ?

Les nouvelles allaient bon train dans le village.

— Je vais travailler ici comme secrétaire.

— Et vous habitez ici ?

Elle le savait déjà. Son visage avait pris une expression bizarre. Elle et Angela n'avaient jamais été de grandes amies, elles se contentaient d'échanger quelques banalités de temps à autres. La jeune fille ne partageait pas la curiosité inlassable de June pour la vie des autres. La femme de ménage était une véritable mine d'information, et M. Millar la surnommait « la gazette locale ». Adoptant un ton de confidence, June ajouta :

— Votre père est au courant ?

— Pas encore.

— Et votre Tante Ida ?

La question paraissait pleine de sous-entendus. Tante Ida aimait bien Matt, cependant elle s'inquiéterait pour le bonheur de sa nièce, la sachant introduite dans l'intimité du journaliste. Elle me croirait malheureuse, songea-t-elle en soupirant.

— Vous avez bien fait, décréta June d'un ton péremptoire, prenant le silence de la malade pour une réponse négative.

Bien fait ? Angela n'y comprenait plus rien.

— Bon, reprit l'autre en terminant sa tasse de thé, et en gratifiant sa compagne d'un sourire encourageant. Tout le monde peut faire une faute. Ce n'est pas si grave, de nos jours... Le plus dur est pour la fille, mais vous avez choisi la meilleure solution. Vous n'auriez pas pu le garder...

Angela battit des paupières, envahie par un terrible soupçon.

— Garder quoi ? articula-t-elle lentement.

— Eh bien, vous attendiez un enfant, non ?

Matt n'avait pas pu lui laisser croire cela. Et s'il l'avait fait ? Il était le seul à connaître l'histoire de Jenny. Il avait peut-être informé Sonia, et celle-ci, au cours d'une de ses visites, avait lâché quelques allusions...

— Non, s'écria-t-elle. Non !

— Non ?

La voix de June était incrédule.

— Vous irez mieux dans un jour ou deux, la rassura-t-elle. La grippe n'a probablement rien arrangé.

Elle pensait qu'Angela s'était volontairement débarrassée du prétendu bébé, et que c'était la raison de sa disparition, pendant une semaine.

— Qui vous a mis cette idée ridicule dans la tête ? explosa la jeune fille.

— Je vous crois, admit l'autre en haussant les épaules. Inutile de vous fâcher. Je suis désolée d'y avoir fait allusion.

— Qui vous a raconté une chose pareille ?

— Si vous voulez tout savoir, j'ai entendu M. Hanlon

98

parler de votre condition, déclarer que vous ne deviez pas porter de valise. Mais... je n'ai rien répété à personne !

C'était inutile d'en espérer tant : Tout le village était déjà probablement au courant.

— Ce n'est pas du tout ce qu'il voulait dire !

— Qu'est-ce que cela signifiait, alors ?

— Vous avez certainement mal entendu...

June la gratifia d'un regard plus que dubitatif, et Angela jugea bon de se justifier.

— Nous sommes allés rendre visite à une vieille dame, dans le Yorkshire. Elle avait la grippe, et je l'ai attrapée.

— Bien sûr, bien sûr... Je vais commencer par le bas, si vous n'y voyez pas d'inconvénient ?

Sur ces paroles significatives, elle sortit de la chambre, en emportant les tasses vides qu'elle déposa sur le palier. Puis elle fit rouler l'aspirateur, et disparut dans l'escalier.

Les oreilles bourdonnantes, Angela resta assise sur le lit, dans un état de choc. Les potins se répandaient comme une traînée de poudre... Dès que les gens apprendraient qu'elle était alitée, ils s'empresseraient d'en tirer des conclusions désobligeantes. Elle allait donc se lever et leur montrer qu'elle souffrait seulement d'un rhume, et qu'elle était aussi insouciante qu'un papillon.

C'était plus facile à dire qu'à faire... Elle brossa ses cheveux un peu ternes, et appliqua du rose sur ses joues pâles. Après avoir avalé un œuf brouillé, elle s'assit au bureau de Matt, et tenta de s'absorber dans le contenu du dossier bleu.

Si elle avait eu le choix, elle aurait flâné dans la maison, sans rien entreprendre de précis. Cependant l'événement avait hâté sa convalescence. Pas de repos possible, avec le remue-ménage de June qui nettoyait la maison. Elle aurait pu déclencher un scandale, et menacer l'indiscrète pour avoir colporté une fausse nouvelle... June affichait un air tellement suffisant, attendant la première occasion pour raconter qu'Angela était toute seule, et qu'elle n'avait pas l'air « dans son assiette ».

Si la jeune fille avait eu l'esprit clair, elle l'aurait vite remise à sa place, en précisant qu'elle souffrait du dos, ce qui l'empêchait de porter une valise. Il était trop tard, à présent, la femme de ménage ne la croirait plus.

Laissant de côté le travail que Matt lui avait confié, Angela se leva et déclara :

— Je descends chez moi.

— Très bien...

— A propos de mon état, ajouta sèchement la jeune fille. Je ne suis pas enceinte, je ne l'ai jamais été, et personne n'a suggéré le contraire. Si, par hasard, j'entends des bruits courir à ce sujet, je saurai d'où ils viennent. M. Hanlon serait probablement ravi de vous entendre les répéter...

— Je ne suis pas une commère ! s'écria June, indignée, en se retranchant dans la cuisine.

Elle ne formula toutefois aucune excuse, et ne sembla pas convaincue. Angela se rendit compte qu'elle devait être plus sûre que jamais de sa culpabilité.

Un abondant courrier l'attendait chez elle. Deux personnes étaient passées en laissant un mot. Jenny avait simplement écrit : « Appelle-moi, s'il te plaît », en ajoutant le numéro de sa boutique et de son domicile. Gareth, lui, avait griffonné au dos d'une enveloppe : « Pas de réponse chez toi. Pas de réponse chez lui. Tu commets une erreur, à mon avis. Un homme comme Matthew Hanlon ne restera pas longtemps avec toi. Je présume qu'il ne t'a pas parlé mariage. Gareth. »

Glissant les lettres dans son sac, elle sortit. Se rendre à la poste lui parut un trop gros effort ; elle aurait davantage de force demain.

Comme elle verrouillait la porte, Mme Green, sa voisine lui fit un signe de la main par-dessus la barrière séparant les deux maisons.

100

— Bonjour ! On ne s'est pas vues depuis longtemps.

Mme Green l'avait aperçue, alors qu'elle tirait sa valise jusque chez Matt, dix jours auparavant. Angela eut l'impression qu'elle la dévisageait de pied en cap. June Johnson avait dû passer par là...

N'osant pas regarder son interlocutrice dans les yeux, elle s'esquiva en expliquant :

— Je suis allée dans le Yorkshire ; en vacances.

— Quelle drôle d'idée ! Il ne devait pas faire très chaud, là-haut !

— Les premières chutes de neige ont eu lieu, en effet. Ce sera tout blanc pour Noël...

— On ne dirait pas que vous revenez de vacances, cria Mme Green, tandis qu'Angela s'éloignait. Vous n'avez jamais été si pâle...

— C'est la grippe, lança la jeune fille.

Elle imaginait aisément ce que pensait sa voisine, et tout le village avec elle... Cependant, elle était impuissante.

June l'accueillit avec un regard anxieux, lorsqu'elle regagna *Chapel House*.

— Ça va ? Vous vous sentez bien ?

— Non. Et vous seriez dans le même cas, si vous veniez de traverser quatre jours de grippe.

June ne répondit rien, et continua à s'affairer dans la maison. La jeune fille fut soulagée, lorsqu'elle la quitta pour rentrer chez elle.

Après avoir lu son courrier — qui comprenait une lettre de sa tante Ida — elle appela Jenny.

— C'est Angela, annonça-t-elle, dès que son amie eut décroché. Comment vas-tu ?

— *Très* bien, affirma l'autre en insistant sur les mots. C'était une fausse alerte. Tu n'as rien raconté à personne, j'espère ?

— A ton sujet ? Non, rien du tout.

— Parce que je n'étais pas enceinte. Tout va bien, répéta-t-elle.

— Tu veux dire que le laboratoire s'était trompé ?

— Cela arrive, ils ne sont pas infaillibles. Un ordinateur peut aussi donner une mauvaise réponse, tu sais.

— Oui, bien sûr.

— Dieu merci, je n'en avais parlé qu'à toi et à mes parents. Tu oublieras ce que je t'avais confié, n'est-ce pas ?

— Certainement.

Le laboratoire avait peut-être commis une erreur, ou bien Jenny avait décidé de mettre fin à sa grossesse ; Angela n'en saurait rien, et se comporterait comme si elle n'avait jamais eu vent de cette histoire.

— Et toi, tu t'es bien débrouillée, déclara Jenny. Je le trouve irrésistible !

— Qu'as-tu appris ? demanda Angela, comprenant qu'elle parlait de Matt.

— Que tu as quitté Gareth Briers, pour vivre avec Matthew Hanlon.

— Je ne vis pas *avec* lui, mais *chez* lui.

— Où est la différence ? s'esclaffa son interlocutrice.

— Il m'emploie comme secrétaire.

— Joli travail. Tu as toujours eu un faible pour lui, n'est-ce pas ? Je n'aurais jamais cru que tu parviendrais à l'attirer dans... tes filets...

Quelle dérision ! C'était plutôt Sonia qui avait mis la main sur lui. Angela se mordit les lèvres jusqu'au sang.

— C'est un arrangement professionnel, protesta-t-elle, tandis qu'à l'autre bout du fil, Jenny pouffait de rire.

— A d'autres ! Avec son physique de Don Juan... Est-il le même dans l'intimité ?

— Tu ferais mieux de le demander à sa petite amie, l'écrivain Sonia Adams. Moi, je ne suis qu'une secrétaire.

Ce fut le seul coup de téléphone qu'elle eut le courage de donner. Incapable de se concentrer sérieusement sur son travail, elle commença à écrire à son père ; elle abandonna au bout d'une demi-page, car elle présentait son installation à *Chapel House* comme un événement banal, et sa lettre sonnait faux. Tante Ida saurait lire entre les lignes, et deviner ce que cachait Angela.

Elle prit place ensuite devant la machine à écrire, mais elle ne cessait de se tromper en recopiant le texte, et tapait invariablement sur les mauvaises touches. A bout de patience, elle s'effondra sur le sofa, en proie à la plus noire dépression. La grippe aidant, elle sombrait dans les pensées les plus lugubres, et l'image de Sonia et du journaliste revenait inlassablement à son esprit. De plus, quelle idée stupide d'avoir parlé à Matt de la situation de Jenny !

Morne et déprimée, elle releva une mèche de cheveux qui lui tombait sur le front comme une algue mouillée. Peut-être un shampooing la distrairait-il ? Se levant avec difficulté, elle alla à la salle de bains, et mit sa chevelure sous la douche.

Assise sur le tabouret, elle frottait mollement ses cheveux emmêlés avec une serviette, lorsqu'elle entendit la voix de Matt.

— Angel ? Tu es là ?

Il était rentré plus tôt que prévu ! Elle bondit, et se précipita dans le salon. Matt l'accueillit avec le sourire. Il paraissait dans une forme superbe, les trois jours passés avec Sonia lui avaient réussi.

— Bonjour ! lança-t-elle d'un ton détaché.

Tandis qu'il retirait son manteau, elle retourna s'installer sur le sofa, tout en continuant à sécher ses cheveux. June avait allumé un feu dans la cheminée, et Matt s'agenouilla pour ajouter une bûche.

— Tout va bien, ici ?

— Cela pourrait aller mieux... Quand tu me croyais enceinte, en as-tu parlé à quelqu'un ?

— Non, pourquoi ? demanda-t-il, avec un réel étonnement.

— Tu sais quelle incorrigible bavarde est June Johnson ?

— Non, je l'ignorais, assura-t-il, en s'asseyant auprès d'elle.

La serviette humide avait glissé sur les épaules d'Angela. Quelle allure avait-elle, ainsi comparée à Sonia ! Comparée à n'importe qui, d'ailleurs...

— Elle t'a entendu me conseiller de ne pas porter de valise. Elle a pensé la même chose que toi, et l'a rapporté à tout le voisinage. Que vais-je faire, moi ? gémit-elle.

— Tu n'es pas enceinte, n'est-ce pas ?

— Non, je te l'ai déjà dit. Il s'agissait d'une amie. Du reste, celle-ci s'était trompée.

— Ne t'inquiète pas le temps prouvera aux gens qu'ils se sont fait des idées fausses, déclara-t-il sans s'émouvoir.

Angela crut qu'elle allait éclater en sanglots. Tortillant la serviette entre ses doigts, elle s'écria :

— Mais j'ai eu la grippe après ton départ, je n'ai vu personne jusqu'à ce matin. June m'a trouvée dans mon lit ! Regarde-moi ! N'importe quoi aurait pu m'arriver, j'ai l'air d'une épave... Tu sais ce qu'on va raconter ? Que je suis partie pour me débarrasser du bébé.

— Que t'importe ce que pensent les autres ?

— Je ne *veux* pas avoir cette réputation ! June est également convaincue que tu es le responsable... Ce qui ne manquera pas de faire le tour du village...

Si elle imaginait l'impressionner avec ce nouveau rebondissement, elle se trompait une fois de plus.

— C'est extrêmement flatteur !

— Cela t'est indifférent ?

— Complètement.

Etait-ce parce que ses amis n'y croiraient pas ? Parce que Sonia trouverait cela ridicule ? Elle était la maîtresse de Matt, Angela n'était rien du tout... Elle se leva d'un bond, comme mue par un ressort, et se mit à hurler :

— Moi, cela ne m'est pas égal ! J'en suis malade !

Matt la saisit avant qu'elle ne s'enfuie, et la força à se rasseoir. Ses cheveux mouillés lui collaient à la peau, dans un charmant désordre. Il lui prit les mains, et elle ne bougea plus.

— Calme-toi. Ainsi, tu n'as jamais été enceinte ?

— Non, et si je dois le répéter, je vais devenir folle !

— Cependant, tu m'as délibérément laissé croire le contraire ?...

— Je voulais voir comment tu agirais.

Peu à peu, le journaliste relâcha son étreinte et elle retira ses mains.

— Tu... tu m'as toujours traitée comme si j'avais dix ans, reprit-elle pour se défendre. Alors, j'ai pensé... Comment règlerait-il ce genre de problème ?

— C'était parfaitement stupide.

Il n'était pas en colère, seulement irrité comme s'il avait affaire à une enfant difficile.

— Oui, je m'en rends compte maintenant, reconnut-elle. Je ne t'ai pas détrompé, car j'avais envie de venir ici... et de travailler pour toi. Tu ne m'aurais pas proposé cet emploi si je n'avais pas eu besoin d'aide...

— En effet.

— Je suis une bonne secrétaire, murmura-t-elle d'une petite voix. Je m'apprêtais à te montrer combien je suis efficace, pour que tu ne puisses plus te passer de moi.

Son bureau était à deux pas, et la machine à écrire trônait au milieu. Matt se pencha sur les feuilles dactylographiées, avant qu'elle ait esquissé le moindre geste.

— C'est parce que mes mains tremblaient, expliqua-t-elle. Je n'ai pas voulu aller plus loin.

Le texte était émaillé de fautes et de ratures, et aurait découragé n'importe qui.

— Heureusement, commenta-t-il. Je suis capable de faire mieux tout seul.

— Tu verras demain... Si toutefois j'ai encore un emploi demain.

— Il me serait difficile de te jeter dehors par ce temps, n'est-ce pas ?

Elle s'aperçut qu'il souriait, et son visage se détendit.

— Des nouvelles de ta famille ? demanda-t-il, en jetant un coup d'œil à la lettre qu'elle avait commencée pour son père.

— De Tante Ida, mais c'était avant l'arrivée de papa. J'écrirai demain... avant que les derniers potins du village ne parviennent à ses oreilles. Si par hasard elle apprenait cette histoire...

— Je serais obligé de t'épouser...

Comme si le sang s'était retiré de ses veines, Angela resta figée quelques secondes.

— J'en connais une qui n'apprécierait guère ! parvint-elle à s'exclamer, sur le ton de la plaisanterie.

Son visage, rouge des frictions vigoureusement effectuées sur ses cheveux, avait soudain perdu toute couleur. Elle était livide.

— Mais... que t'est-il arrivé ? s'inquiéta Matt, remarquant soudain sa mauvaise mine.

— Ce n'était pas un simple rhume, j'avais bel et bien attrapé le microbe d'Emily. Je suis restée au lit pendant trois jours, sans manger. D'ailleurs, je n'aurais rien pu avaler.

Si les commérages de June n'avaient pas beaucoup perturbé le journaliste, il parut au contraire s'inquiéter de l'état de santé d'Angela. Comme il posait sa main sur son front, elle déclara précipitamment :

— Je vais mieux ; la fièvre a disparu, mais, évidemment, je me sens bonne à rien. Et déprimée, de surcroît. C'est sans doute pourquoi cette histoire me met dans tous mes états. Je ne suis pas parvenue à convaincre June qu'elle se trompait.

— Elle me croira, moi, proféra-t-il d'un ton menaçant. Pourquoi avoir prétendu que tout allait bien, quand je suis parti, alors que tu ne tenais plus debout ?

— Tu serais quand même parti.

— J'aurais d'abord appelé un docteur.

Ensuite, tu aurais pourtant couru vers Sonia, songea-t-elle.

— Alors, tu as passé trois jours ici toute seule ? questionna-t-il, incrédule.

— Je n'avais besoin de personne.

— Tu auras besoin de quelqu'un tant que tu te conduiras comme une petite fille de dix ans. Tu as encore de la température. Dans quel état devais-tu être avant-hier ?

— Une loque, la première nuit. Je n'ai pas arrêté de faire des cauchemars.

Elle se garda bien de lui avouer de qui elle rêvait ; elle s'apprêtait à lui demander comment s'étaient déroulées ses propres nuits, lorsqu'il jeta :

— Tu délirais. Tu aurais pu tomber dans l'escalier, et te rompre le cou !

— Quel événement à raconter pour June !

— Grand Dieu ! Je me demande parfois ce que tu as dans la cervelle ! marmonna-t-il.

— Seulement parfois ?

— Nous allons prendre ta température, ordonna-t-il, en lui jetant un regard féroce.

Il se faisait du souci pour elle… Demain, elle entamerait une période de sagesse, dominée par la raison et la réflexion. Elle lui montrerait qu'elle était efficace.

Le téléphone sonna alors qu'ils se dirigeaient vers la salle de bains pour y chercher le thermomètre. Matt revint à son bureau pour répondre.

Il écouta un moment puis se tourna vers elle avec une grimace comique, la main sur le récepteur.

— Devine qui est au bout du fil ?... C'est ta tante, et je crois bien qu'elle a reçu cette fameuse nouvelle...

6

La voix de Tante Ida lui parvint, lointaine. Elle
n'appelait qu'en cas de maladie grave, pour Noël, ou un
anniversaire. Il s'agissait donc d'une urgence.

— Tout va bien ? s'enquit la jeune fille.

— Très bien. Ton père est heureux… J'ai entendu
dire, poursuivit Tante Ida après un silence, que tu venais
de t'installer à *Chapel House* ?

— Je travaille comme secrétaire de Matt.

— C'est incroyable ! Et, qu'en pense ton… fiancé ?

— Pas grand-chose… nous nous sommes dit adieu. A
propos, qui t'a appris mon déménagement ?

Comme elle s'y attendait, c'était une amie, habitant
non loin de chez June. Cependant, le vrai scandale n'était
pas encore parvenu à leurs oreilles, et Angela les avertit :

— Ne prenez pas tout ce que l'on vous racontera au
pied de la lettre. Tu connais l'imagination de June
Johnson…

— Je te passe ton père, lança Tante Ida en riant.

— Allô, ma chérie ? Je me plais beaucoup ici, et ma
santé s'améliore de jour en jour. Il paraît que tu as
commencé à travailler pour Matt ? J'ignorais que tu
correspondais à ses besoins… Tu ne l'ennuies pas,
j'espère ?

— Il me recommande de ne pas t'ennuyer, répéta-t-elle à Matt avec un sourire forcé.

Celui-ci lui prit le récepteur des mains, s'informa de la santé de son ancien professeur, et ajouta :

— Je suis persuadé qu'elle fera une excellente secrétaire.

Il prétend cela pour rassurer mon père, pensa-t-elle, tandis que le journaliste raccrochait.

— Il n'est pas le seul à penser que je ne suis bonne à rien... déclara-t-elle à voix haute.

— Si c'est vrai, Angel, je m'en apercevrai très vite. A présent, nous allons prendre ta température.

Elle s'enfonça dans le sofa, le thermomètre à la bouche, pendant que Matt se plongeait dans son courrier.

— Je peux le retirer ?

Sans attendre la réponse, elle examina le niveau du mercure à la lumière de la lampe.

— C'est presque normal ! lança-t-elle, sur un ton de défi.

— Donne-moi ça, Angel, je tiens à vérifier... Trente-sept cinq... Tu retournes au lit. Nous verrons comment tu te portes demain matin.

— Je suis une calamité, soupira-t-elle, envahie par une soudaine lassitude.

— Ai-je prétendu le contraire ? Emporte quelque chose à manger...

Elle se versa un bol de soupe. Elle n'avait pas faim, mais ce n'était pas en jeûnant qu'elle retrouverait son énergie.

— Bonne nuit, murmura Matt.

— Bonne nuit... Au fait, comment va Sonia ?

— Tu tiens vraiment à le savoir ? demanda-t-il sans lever la tête.

— Non, pas exactement.

Si c'était pour apprendre qu'elle était fantastique, mieux valait ne pas poursuivre la conversation. A partir

110

de demain, décida-t-elle, je ne mentionnerai plus jamais son nom. Je serai une autre femme : calme, efficace... Plus jamais il ne pourra m'accuser de me conduire comme une enfant.

Le lendemain matin au réveil, elle constata que ses maux de tête s'étaient complètement dissipés, et que ses tempes étaient fraîches. Souriante, elle s'assit dans son lit, puis posa lentement le pied par terre pour évaluer le retour de ses forces. Elle n'était pas encore prête à disputer une course de fond, cependant, elle se sentait revivre. D'un pas léger, elle descendit au rez-de-chaussée.

Matt était toujours à son bureau. Si la couleur de sa chemise n'avait pas changé, elle aurait pu croire qu'il était resté là toute la nuit.

— Il t'arrive quand même de dormir, quelquefois ? Tu es exactement là où je t'ai laissé hier.

— Comment te sens-tu ? demanda-t-il brièvement.

— Beaucoup mieux, merci.

Il lui lança un regard pénétrant, et ce qu'il vit sembla le satisfaire.

— Je dois réaliser une interview, cet après-midi à deux heures. C'est à quarante kilomètres. Si tu en as le courage, viens prendre des notes.

— D'accord, déclara-t-elle avec empressement.

Elle se doucha et s'habilla, heureuse de retrouver son visage de tous les jours. Elle se prépara ensuite deux toasts avec des œufs brouillés, et, quand June arriva, elle était installée à la table de la cuisine, occupée à dactylographier avec soin le document qu'elle avait bâclé la veille.

June entra par la cuisine, emmitouflée dans un manteau à carreaux verts et bruns, un bonnet de laine enfoncé jusqu'aux oreilles.

— Il gèle à pierre fendre, annonça-t-elle, en s'asseyant

lourdement pour ôter ses bottes. Reste-t-il un peu de café ? Vous avez meilleure mine.

— Oui, je me sens mieux. Désolée, mais je n'ai fait qu'une tasse.

— Je vais m'ofrir une cigarette, avant de commencer. Les enfants m'ont rendue folle ce matin. Ne vous mariez jamais !

— Bonjour, madame Johnson.

C'était la voix de Matt et, de surprise, June faillit tomber de sa chaise. Elle le pensait encore en voyage, et ne s'attendait certes pas à le voir surgir à neuf heures du matin, au beau milieu de la cuisine.

— Avant que vous vous installiez pour fumer votre cigarette, reprit-il, pourriez-vous me parler de cette histoire que vous avez racontée, et selon laquelle Angela serait ma maîtresse ?

Sans doute pour la première fois de sa vie, June Johnson ne trouva pas ses mots. Elle fixait le journaliste avec un regard hébété et stupide, comme une souris prise au piège. Angela observait la scène, partagée entre la satisfaction et un sentiment de pitié.

Matt s'exprimait d'une voix calme qui ne présageait rien de bon.

— Vous m'avez entendu lui recommander de ne pas porter une grosse valise, et vous en avez conclu qu'elle était enceinte. Ensuite, elle est restée au lit avec la grippe, et vous avez cru bon d'imaginer qu'elle s'était fait avorter.

June se mordit les lèvres, et secoua la tête en signe de dénégation, malgré la véracité des suppositions de son employeur.

— J'espère que vous avez eu la délicatesse de garder ces fantasmes pour vous, parce qu'il n'y a rien de vrai dans tout cela.

Angela aurait pu protester indéfiniment de son innocence sans parvenir à convaincre June la femme de ménage, alors que le regard glacial de Matt avait suffi pour qu'elle s'effondre.

— Oui, bégaya-t-elle. Je veux dire, non... Non, je n'en ai soufflé mot à personne.

— Admettons.

Il n'avait nul besoin de proférer des menaces, June avait saisi le message sur-le-champ. Elle se tairait, même s'il transformait Chapel House en harem.

— Désolée, marmonna-t-elle à l'adresse d'Angela.

— Oublions l'incident, déclara celle-ci, que sa bonne humeur retrouvée rendait généreuse.

Dès qu'elle eut achevé son travail, Angela se hâta de le porter à Matt. Celui-ci examina soigneusement les pages, puis les rangea dans une chemise, et lui tendit deux lettres à taper, sans faire aucune remarque sur la qualité de son ouvrage. Sottement, elle en fut désappointée.

Elle devait rédiger une réponse à deux invitations. Le journaliste avait griffonné un refus pour chacune d'elle, prétextant qu'il n'était pas libre.

Cette tâche lui réclama à peine une demi-heure. Ensuite, Angela se retrouva, désœuvrée, devant le bureau de Matt qui parut s'irriter de cette interruption.

— Je n'ai rien d'autre à te donner avant cet après-midi Tu peux vaquer à tes occupations.

C'était un peu comme s'il lui avait ordonné : « Va jouer plus loin. » Légèrement mortifiée, elle lança :

— Très bien. Je descends chez moi pour achever d'emballer mes affaires.

— Parfait. Je passerai te chercher vers une heure.

Enfilant ses bottes et son manteau, elle prit le chemin de son ancienne demeure.

La maison déserte était plutôt lugubre ; elle alluma un radiateur électrique, afin de se réchauffer un peu. Tous ses espoirs de partager un jour la vie professionnelle de Matt s'envolaient : il l'écartait visiblement. Si seulement il lui offrait une occasion de lui prouver ce dont elle était capable !

La Rover s'arrêta devant le perron. Angela, qui la guettait, sortit en moins d'une seconde.

— J'ai tout empaqueté, annonça-t-elle. Le garde-meuble vient demain.

— Quelle activité !

Après cette phrase banale, il se tut ; il garda le silence pendant le reste du trajet, et Angela retint les questions qui lui brûlaient les lèvres. Ils traversèrent Cheltenham, et soudain, Matt lui confia :

— L'homme que nous allons voir est marchand de tableaux et d'objets d'art. Son nom est Paul Carbone. Il a récemment organisé quelques expositions intéressantes.

Autrefois, lorsqu'elle était étudiante dans cette discipline, Angela parcourait toutes les expositions avec enthousiasme. A présent, elle appréciait toujours la peinture, mais n'était plus très au courant des célébrités du jour.

La demeure de M. Carbone respirait le luxe et l'opulence de bon goût. Un mur doublé d'une haie la dissimulait aux regards indiscrets. La jeune fille laissa échapper un long sifflement d'admiration à la vue de l'imposant bâtiment blanc, dont les larges baies vitrées donnaient sur une immense pelouse fraîchement tondue.

— C'est magnifique, commenta-t-elle, impressionnée.

— Il ne se plaint pas, à ma connaissance.

Un domestique parfaitement stylé les introduisit, en leur assurant que son maître les attendait. Angela aurait aimé passer un moment dans le vaste hall, pour examiner à loisir les toiles, statuettes et autres magnifiques objets qui s'y trouvaient en grand nombre. Elle dut se résigner à suivre Matt dans un salon tout aussi fastueux.

Quelqu'un jouait du piano, et la mélodie qui emplissait la pièce la surprit : elle reconnut une chanson classée au hit-parade de la semaine. La silhouette qui se leva à leur approche l'étonna encore davantage : c'était un jeune homme qui paraissait avoir le même âge qu'elle.

Son physique était agréable ; son visage aux traits réguliers et au teint clair contrastait avec ses cheveux noirs et bouclés. Il portait des chaussures de tennis, des jeans et une chemise bleu pâle, et se présenta comme étant Paul Carbone junior.

— Mon père ne va pas tarder. Il n'oserait pas faire attendre le grand Matthew Hanlon... ajouta-t-il, non sans ironie. Désirez-vous boire quelque chose ?

— Non merci, répondit Matt, aussitôt imité par Angela.

Paul junior la dévisagea en connaisseur, avec l'expression de quelqu'un qui se prend pour un séducteur, et elle s'en amusa intérieurement.

A cet instant, un autre homme fit irruption dans la pièce. Ses traits évoquaient ceux de son fils, et leur lien de parenté était évident. Cependant, celui-ci avait les cheveux argentés, et portait un costume classique et bien coupé. Il serra la main de Matt, comme si de sa présence dépendait son salut.

— Ah, monsieur Hanlon, quel plaisir de vous rencontrer ! Un brin de publicité ne nuit à personne, de nos jours...

Matt présenta Angela comme sa secrétaire, mais Paul Carbone ne lui adressa qu'un bref sourire accompagné d'un signe de tête. Toute son attention était concentrée sur le journaliste. Les deux hommes se dirigèrent vers l'autre extrémité de la pièce. Indécise, la jeune fille hésitait à les suivre, lorsque Paul junior lui barra le chemin.

Indiquant une chaise, il demanda :

— Quelle est votre fonction ?

— Je prends des notes, répondit-elle, en s'asseyant pour sortir de son sac un carnet et un stylo.

— Vous êtes avec lui depuis longtemps ?

— Non.

— Pourquoi nous avoir choisis? chuchota-t-il, en se penchant vers elle.

Refusant d'avouer qu'elle en savait moins que quiconque à ce sujet, elle avança :

— N'avez-vous pas récemment organisé quelques expositions couronnées de succès?

— En effet.

Là-bas, Matt avait posé un petit magnétophone sur la table basse qui le séparait de son interlocuteur. Les notes d'Angela ne serviraient donc pas à grand-chose. Elle commença toutefois à écrire, tandis que Matt énonçait ses premières questions.

Paul junior bavardait sans arrêt; il voulait connaître son nom, savoir quel genre de patron était Matt. Elle répondait brièvement, tendant l'oreille pour saisir les propos échangés à quelques mètres d'elle. Comme les voix étaient inaudibles, elle fit un mouvement pour se rapprocher.

— Ne vous fatiguez pas, il enregistre. Pourquoi vous a-t-il emmenée, d'ailleurs? Vous êtes sa petite amie?

— Je suis sa secrétaire, rétorqua-t-elle d'un ton sec. Je suis débutante, il enregistre donc l'entretien, au cas où j'omettrais un mot.

— Je n'imagine pas Matthew Hanlon recrutant une employée qui ne serait pas parfaite... Ne le niez pas, il vous a engagée pour d'autres talents...

— Taisez-vous, sinon je vais manquer la totalité de la conversation.

Matt était penché vers son interlocuteur, qui parlait beaucoup. Abandonnant brusquement carnet et stylo, Angela se tourna vers un tableau aux teintes chaudes qu'elle avait remarqué en entrant.

— Il est magnifique, murmura-t-elle.

— C'est un Renoir, expliqua Paul. Etes-vous amateur d'art?

— J'ai étudié la peinture pendant six mois.

— Alors, vous avez droit à la visite commentée. Vous y verrez des noms célèbres, et d'autres un peu moins connus. Le mien, par exemple...

— Vous peignez ?

— Evidemment.

Il devait vendre également, dans les galeries de son père. Il serait intéressant de jeter un coup d'œil à son œuvre, et Matt ne s'apercevrait pas de son départ.

— Dans ce cas, je vous suis !

Ils quittèrent silencieusement le salon afin de ne pas troubler l'interview.

Une grande femme en robe rouge, qui traversait le hall, s'arrêta en les apercevant. Paul saisit la main d'Angela, et l'entraîna dans sa direction.

— Venez faire la connaissance de ma mère.

Le teint de Mme Carbone était lisse et lumineux, comme si elle sortait de chez l'esthéticienne. Ses cheveux, d'un blond tirant sur le châtain, encadraient harmonieusement son visage.

— Maman, je te présente Miss Millar, la secrétaire de Matthew Hanlon. Elle désire voir les tableaux, et j'ai envie d'apprendre ce qu'elle pense de mon œuvre.

— Je ne prétends pas avoir les qualités d'un critique, protesta la jeune fille.

Mme Carbone sourit, mais ses yeux pâles, à demi cachés par de longs cils, étaient hostiles et vigilants. Elle observait peut-être de cette façon toutes celles que son fils tenait par la main. Qu'elle se rassure en ce qui me concerne, songea Angela. Il me laisse totalement indifférente.

— Il faut monter au dernier étage, l'informa Paul, tandis que Mme Carbone les regardait s'engager dans le vaste escalier.

— Votre mère se fait-elle du souci pour vous ? demanda Angela.

117

— Pourquoi devrait-elle s'en faire ?

— Elle m'a paru légèrement méfiante à mon égard. Elle ignore tout de moi, j'ai donc cru que c'était parce que vous me teniez la main.

Il éclata de rire, montrant une dentition régulière, comme celle de sa mère.

— C'est peut-être aussi parce que vous accompagnez Matthew Hanlon. Etes-vous sûre d'être seulement son employée ?

— Tout à fait sûre.

Ce n'était pourtant pas faute de souhaiter le contraire...

Parvenus au deuxième étage, ils traversèrent un boudoir meublé dans le style Regency, dont le parquet ciré crissait sous leurs pas.

— Pourquoi votre mère devrait-elle se méfier de Matthew ? s'enquit-elle.

Le visage juvénile de Paul se rembrunit.

— Vous n'ignorez pas sa réputation...

— Votre père ne semblait pas mécontent de profiter d'un peu de publicité.

— Oui, admit-il, en s'arrêtant pour la regarder bien en face. Cependant reconnaissez que Hanlon est parfois sanglant... A-t-il une dent contre les marchands de tableaux, ce mois-ci ?

— Pourquoi leur en voudrait-il ?

— Je souhaite que vous ayez raison... Vous vous souvenez de Norman Holle ?

Elle se souvenait vaguement d'un financier que Matt avait interviewé quelques années auparavant.

— N'était-ce pas un escroc ?

— C'était un homme très bien. Son fils était au collège avec moi. Hanlon l'a anéanti. Tout aurait réussi, poursuivit-il d'une voix sinistre, sans cette interview. Il avait seulement besoin d'un peu de temps, pour se sortir d'un mauvais pas.

Emily exceptée, Angela n'avait jamais rencontré des individus dont la vie pouvait être bouleversée à jamais, après une rencontre avec Matthew Hanlon.

— Du moment qu'il décroche une bonne histoire, il se moque du reste, affirma encore Paul, non sans amertume.

— C'est faux ! s'écria-t-elle, indignée.

— Vous semblez bien le connaître !

— Depuis toujours, en effet... Que risquerait-il de découvrir, à votre avis ?

— Je l'ignore. Je n'ai rien d'un homme d'affaires, je me contente de peindre. Je ne sais pas s'il trouvera quelque chose susceptible de nuire à mon père, cependant il en a ruiné d'autres.

— Il n'est pas commode, mais il est juste. De plus, si votre père avait la moindre chose à cacher, il n'aurait pas accepté l'entretien.

— Exact ! s'exclama le jeune homme dont le visage s'éclaira. Voulez-vous savoir autre chose ? Je suis content que vous ne soyez pas sa petite amie !

Voilà qu'il me fait la cour ! songea-t-elle avec amusement. En tout cas, elle le préférait ainsi, joyeux et insouciant.

— Alors, où se trouvent tous ces tableaux ? Par là ? demanda-t-elle.

Elle montrait une porte que Paul ouvrit. Devant eux, sur toute la largeur de la maison, s'étendait une galerie, dont les murs blancs étaient couverts de toiles de toutes dimensions. Une épaisse moquette rubis réchauffait la pièce, tout en lui donnant une atmosphère majestueuse. Paul alluma quelques lampes, et le premier tableau qu'elle examina arracha un cri d'admiration à Angela. C'était un Lowry.

— Vous n'êtes pas critique, mais vos goûts sont sûrs ! plaisanta son compagnon.

Elle aurait préféré rester seule, pour aller et venir au gré de sa fantaisie.

— Moi aussi, je sais ce que j'aime, enchaîna-t-il, en la couvrant d'un regard admiratif. Vous a-t-on déjà dit que vos cheveux sont d'une couleur étonnante ?

— Evidemment, répondit-elle gaiement.

En réalité, elle les trouvait assez ordinaires, avec seulement un vague reflet roux. L'écoutant à moitié, elle admirait les œuvres que Paul croyait bon de commenter.

— Est-ce une collection appartenant à votre famille ? s'enquit-elle, en s'arrêtant devant un paysage aux couleurs éclatantes, et aux contours un peu flous.

— Cette pièce constitue une sorte de hall d'exposition. J'ai déjà vu mon père décrocher un tableau et le vendre. Par exemple, nous acceptons les offres pour celui-ci, ajouta-t-il en désignant le paysage.

— Il me rappelle un Turner, déclara-t-elle enfin.

— Oui, je traversais ma période Turner lorsque je l'ai peint.

— Il est de vous ? s'exclama-t-elle sur un ton faussement étonné, car elle avait déjà aperçu la signature. Il me plaît, mais dépasse certainement mes moyens.

— Je vous ferai un prix spécial.

— Je n'ai pas d'appartement, donc pas de mur pour l'accrocher !

— Où habitez-vous ?

— Dans la maison de Matt, pour le moment.

— Et vous prétendez n'être rien de plus que sa secrétaire ?

— Je vous le répète, pour la troisième fois.

— Eh bien, c'est un pauvre sot !

Il pensait sûrement qu'un homme pouvait séduire n'importe quelle femme. Ce n'était pas l'avis d'Angela, mais elle le garda pour elle... Certes, toutes celles qui rencontraient Matt tombaient sous son charme, comme elle-même. Quand elle pensait à lui, c'était à peine si elle remarquait Paul.

— S'il est aussi stupide que vous le prétendez, pourquoi vous inquiéter à propos de l'interview ? insinua-t-elle.

Il ne répondit rien, cependant son sourire narquois disparut.

— Puis-je voir encore quelques-unes de vos œuvres ? proposa-t-elle.

— Oui, nous allons monter dans mon studio.

Il ouvrit une porte, et ils se trouvèrent dans un couloir, d'où partait un escalier aux marches recouvertes de moquette beige.

— Si vous n'êtes pas avec Hanlon, y a-t-il quelqu'un d'autre ? interrogea-t-il.

— Bien sûr, affirma-t-elle avec assurance.

— Vous n'avez pas envie de changer ?

Il devait répéter le même scénario avec toutes les jolies filles qu'il rencontrait ; elle se hâta d'atteindre le haut de l'escalier, en devinant son intention de la prendre par la taille.

Le studio était une vaste pièce où des toiles aussi nombreuses que variées étaient posées un peu partout contre les murs. L'atmosphère surchauffée parut presque irrespirable à Angela, et elle passa sa main sur son front, où des gouttes de sueur commençaient à perler.

— Vous ne vous sentez pas bien ? s'inquiéta Paul.

— Je viens d'avoir la grippe, balbutia-t-elle, en se laissant tomber sur un divan. Ce... ce n'est rien, juste une petite défaillance.

Elle retira sa veste qui lui sembla peser une tonne et grimaça un sourire.

— Normalement, je suis aussi solide qu'un lion... La beauté des tableaux m'a fait oublier que je suis encore convalescente.

En réalité, elle avait grimpé l'escalier un peu vite, c'est pourquoi la tête lui tournait.

— Rassurez-vous, je ne vais pas m'évanouir !

— Un verre d'alcool vous remettra, décréta-t-il en se dirigeant vers un coffre de bois clair. Vous aimez le porto ?

— C'est très bien, merci.

Son estomac se souleva à la première gorgée, et elle posa le verre par terre, à côté du divan.

— Votre studio est fort agréable... J'aimerais voir vos toiles, à présent.

Tandis qu'il lui présentait ses œuvres les unes après les autres, la jeune fille se détendit. Au bout de quelques minutes elle se sentit parfaitement bien. Aucun tableau ne l'enthousiasma particulièrement, cependant, elle ne fut pas avare de commentaires élogieux.

— Que préférez-vous ? demanda-t-il, lorsqu'il eut tout montré.

— Ceci, je crois, déclara-t-elle en désignant un paysage bleuté et légèrement brumeux, qui lui rappelait la lande où vivait Emily.

— Il est à vous, répliqua-t-il. C'est un cadeau.

— Oh non, c'est impossible !

Elle lui répéta qu'elle n'habitait pas chez elle, que la peinture était magnifique, et qu'il était très gentil...

— Vous êtes une femme indépendante, n'est-ce pas ? insinua-t-il, sans cacher sa désapprobation.

Elle se contenta de sourire, en haussant les épaules.

— Ce n'est pas grave, poursuivit-il. Avec un physique pareil, vous pouvez vous le permettre.

Il restait une toile inachevée sur un chevalet. Paul l'avait gardée pour la fin. Elle représentait un portrait de femme d'un genre tout à fait abstrait.

— La forme de son visage est intéressante, murmura sérieusement Angela.

— C'est ainsi que je la vois...

— Hé !... Vous n'allez pas me proposer de faire mon portrait !

— C'est une excellente idée !

Il abandonna son tableau et s'assit sur le divan, contemplant sa compagne comme s'il voulait graver ses traits dans sa mémoire.

— N'y pensez plus, Paul. C'était une plaisanterie.

— Je suis très sérieux !

— Moi aussi.

— La couleur de vos cheveux rappelle une flamme dans la lumière.

Il tendit la main pour les caresser, mais elle s'esquiva, et se mit debout. Il la força à se rasseoir.

— Vous n'avez pas terminé votre porto, remarqua-t-il, en le lui tendant.

— Je n'en veux plus. Laissez-moi tranquille, ordonna-t-elle, en s'efforçant de dégager son bras.

Le verre bascula, et son contenu se répandit au beau milieu de son chemisier de soie.

— Oh, zut ! s'exclama-t-elle, furieuse.

— Désolé. Je suis vraiment désolé, marmonna Paul junior.

Profitant habilement de son désarroi, il défit le premier bouton de son chemisier. Tandis qu'elle bredouillait d'inaudibles protestations, la porte s'ouvrit. M. Carbone entra, suivi de Matt.

7

Pendant quelques secondes, tous les personnages de la scène restèrent figés sur place. Soudain, Angela se leva d'un bond. Au même moment, Matt ramassa sa veste qui traînait sur une chaise, et la lui lança. Elle l'enfila à la hâte, la boutonna avec des doigts tremblants, et leva les yeux vers lui. Son visage était aussi impassible qu'un masque, et un frisson la parcourut.

Les deux autres demeuraient muets. M. Carbone senior fronçait les sourcils et, quand Matt se dirigea vers la porte, il l'accompagna, Angela se tenant à quelques mètres derrière lui. Paul, lui, ne bougea pas.

Dans le hall, le journaliste et son hôte se saluèrent avec force amabilités, M. Carbone espérant une prochaine visite et lui assurant qu'il serait toujours le bienvenu.

Matt et la jeune fille prirent place dans la voiture, et le voyage du retour commença, sans que ni l'un ni l'autre ne prononce une seule parole. Au bout de quelques kilomètres, elle se décida enfin à ouvrir la bouche :

— Je sais bien ce que tu as imaginé...

— Tais-toi.

Si elle persistait à se justifier, il était capable de s'arrêter, et de l'abandonner sur le bord de la route. Elle était furieuse contre Paul Carbone, et également contre

Matt. Comment avait-il pu la croire consentante ? Sa blouse lui collait à la peau, mais elle n'osait pas bouger. Elle fit mine de s'intéresser au paysage, qu'elle ne voyait même pas. La colère de Matt était presque palpable, et c'est avec soulagement qu'elle reconnut les abords de leur village. Elle entra dans *Chapel House*, et attendit que l'orage éclate.

Matt alla tout droit à son bureau, où il déposa bruyamment sa mallette.

— Ne t'avais-je pas demandé de prendre des notes ?

— Mais tu t'es servi du magnétophone... De plus, je n'entendais pratiquement rien.

— Pas étonnant ! Installée comme tu l'étais à l'autre bout de la pièce, avec Carbone junior ! Je n'engage pas une secrétaire pour qu'elle se conduise comme une vulgaire fille des rues !

— *Quoi ?* hurla-t-elle.

Cette fois, il dépassait les bornes.

— Qu'est-ce que cela veut dire ? suffoqua-t-elle, blême de rage. Il m'a proposé de regarder les tableaux. J'ai grimpé l'escalier un peu vite, et j'ai été prise d'un étourdissement... C'est mon premier jour de sortie depuis ma grippe, ne l'oublie pas.

— Et que faisait-il ? Il essayait de te ranimer ?

— Il m'a offert un verre de porto qui s'est renversé sur moi.

Elle ouvrit sa veste pour montrer son chemisier taché. Le premier bouton était encore défait, et le journaliste demanda d'un ton aigre-doux :

— C'est ta spécialité ? On s'éclabousse, et après on se déshabille...

Il faisait allusion au café qu'elle avait laissé tomber sur son pantalon, le soir où Gareth avait téléphoné.

— Tu avais raison, siffla-t-elle. Tu n'es qu'un mufle.

— Probablement, railla-t-il.

Une dernière fois, Angela tenta de s'expliquer.

— Excuse-moi, je n'aurais pas dû partir avec Paul. Cependant, j'ai cru que tu enregistrais la conversation, et je souhaitais voir les tableaux. Mais je n'étais *pas* consentante, là-haut, dans le studio. Il tente sa chance avec toutes les femmes, au-dessous de quatre-vingts ans...

Elle espérait le faire sourire, néanmoins son visage demeura sévère. D'un ton glacial, il lâcha :

— Laisse-moi te donner un conseil. Lorsqu'on est un aussi piètre juge du caractère des gens, on s'efforce de rester vêtu.

Angela vacilla comme s'il l'avait frappée. Elle avait ôté sa veste dans le studio de Paul, un bouton de sa blouse était défait, pourtant elle était certaine que Matt évoquait cette nuit de ses dix-sept ans où il lui avait ordonné de se rhabiller, d'une voix qu'elle entendait encore : « Pour l'amour du ciel, couvre-toi ! » Ses oreilles bourdonnaient, une douleur sourde ponctuait chaque battement de son cœur. Elle s'entendit prononcer :

— Je m'en vais...

Cependant avant qu'elle atteigne l'escalier, la porte d'entrée claqua, et elle se retrouva seule dans la maison.

Son instinct lui souffla les raisons du départ de Matt : il était sorti pour extérioriser sa violence autrement qu'en la giflant. Ulcéré et offensé par son comportement chez les Carbone — elle avait quitté le salon sans son autorisation — il persistait à croire qu'elle s'était jetée à la tête de Paul junior.

— C'est faux ! cria-t-elle dans la pièce vide.

Elle avait peut-être commis une erreur professionnelle, mais ce n'était pas une raison pour l'insulter. Personne ne lui avait jamais parlé de cette façon. Elle ne resterait pas une seconde de plus ici. Gravissant l'escalier quatre à quatre, elle entreprit de vider son placard, et d'en entasser le contenu sur son lit.

Si seulement il l'avait frappée, elle se serait défendue

de toutes ses forces. Elle donna quelques coups de poing dans l'oreiller, en imaginant qu'il s'agissait de Matt. Malheureusement, celui-ci était mille fois plus dur qu'un paquet de plumes. S'attaquer à lui équivaudrait à se battre contre un mur de pierres. L'occasion ne se présenterait pas, puisqu'elle serait partie avant son retour. Sauf s'il s'excusait — et c'était peu probable — elle éviterait désormais de le rencontrer.

Sa valise était sous le lit. Lorsqu'elle l'aurait bouclée, elle irait passer la nuit chez elle, au village. La maison lui appartenait encore pour vingt-quatre heures. Ensuite, elle trouverait bien quelqu'un pour l'héberger, avant son départ pour l'Espagne, dans une semaine.

Dans sa valise, elle découvrit quelques effets qu'elle avait emportés dans le Yorkshire, et un flot de souvenirs lui revint à la mémoire. Là-bas, Matt et elle avaient vécu dans une totale harmonie. C'était un autre homme lorsqu'il était au travail; plus dur et plus cruel, il paraissait même animé du désir de détruire.

Elle faisait ses bagages n'importe comment et, bientôt, la place manqua. S'effondrant sur le lit, elle contempla d'un œil sombre le triste amoncellement de ses vêtements en désordre.

Elle avait cru aimer Matt comme Emily aimait Tom, sans réserve; évidemment, il n'en était rien. Il l'éblouissait, car le succès allié à un physique agréable était le plus sûr facteur de séduction. « Une personnalité tout à fait exceptionnelle, avait écrit un jour une femme journaliste. A la fois sensuelle et cérébrale. » Angela avait gardé l'article et la photo.

L'atmosphère serait glaciale, chez elle. Même si elle allumait le radiateur électrique et le poêle, il faudrait des heures pour que la maison soit tiède... Et si elle risquait une rechute ? La nuit commençait à tomber... la demeure déserte serait sinistre... Elle n'avait plus très envie de s'y réfugier. De plus, sa fuite convaincrait Matt de sa culpabilité. Il penserait qu'elle avait honte... C'était décidé : au lieu de partir, elle allait recopier l'entretien de l'après-midi.

Si elle pouvait déposer sur son bureau un texte parfaitement dactylographié, peut-être serait-il alors convaincu de son efficacité. Enfilant le premier pull-over de la pile, elle quitta sa chambre qui semblait ravagée par un ouragan.

La mallette était ouverte. Sortant le magnétophone, elle le porta sur la table de la cuisine avec la machine à écrire. Il était préférable que Matt ne la trouve pas installée à son bureau, s'il rentrait à l'improviste.

Elle vérifia le bon fonctionnement de l'appareil : malheur à elle si elle effaçait un morceau de la conversation !

Les questions du journaliste portaient sur les débuts de Paul Carbone. Jeune Italien en vacances à Londres, il était tombé amoureux d'une Anglaise, et avait décidé de s'installer dans ce pays. Il avait ouvert un petit magasin d'antiquités qui s'était peu à peu transformé en galerie de tableaux. Avec le succès, il s'était agrandi, avait découvert de nouveaux talents. Paul Carbone citait des peintres qu'Angela connaissait, pour la plupart.

Ensuite, Matt mentionna un nom qui lui était parfaitement étranger.

— Avez-vous rencontré Joseph Erskine, récemment ?

Sur la bande magnétique, le silence se prolongea. Enfin, M. Carbone répondit :

— Je crois qu'il a cessé de peindre.

C'était presque la fin de l'interview. Peu après, Angela entendit Paul Carbone s'exclamer, puis la voix de Mme Carbone, qui avait dû se joindre à eux.

— Je ne vous dérange pas ?

— Absolument pas, assura Matt.

Celui-ci s'était probablement levé, car Angela avait

distingué un bruit de pas. Ils échangèrent les salutations habituelles. Ensuite, Mme Carbone reprit :

— Je viens de croiser votre secrétaire, main dans la main avec mon fils... Elle est charmante. Ils sont montés dans le studio, elle semblait très désireuse de voir les tableaux de Paul.

Elle éclata d'un petit rire modulé, insinuait manifestement que l'idée venait d'Angela.

— Pour une jeune fille de son âge, la compagnie de mon fils est plus intéressante que celle de mon mari !... susurra-t-elle encore perfidement.

La conversation qui suivait était un échange de mondanités. Matt refusa un verre, un thé, une invitation à dîner. Ils parlèrent du temps, et de leurs relations communes. Enfin, la bande s'arrêta. L'entretien était terminé.

Après avoir entendu Mme Carbone, Angela commençait à comprendre la réaction de Matt. Ses insinuations tendaient à prouver que sa secrétaire ne songeait qu'à s'amuser... Pensive, elle déposa les feuilles soigneusement rédigées sur le bureau du journaliste ; elle avait omis de transcrire le passage ultérieur à l'arrivée de Mme Carbone.

Ensuite, elle se prépara une tasse de thé, ouvrit un paquet de biscuits, et s'installa devant la télévision.

Matt ne s'attendait pas à la trouver là à son retour, puisqu'elle avait déclaré qu'elle s'en allait. Avait-il l'intention de revenir à la charge ? Elle grignota ses gâteaux et but son thé, en affectant une désinvolture qu'elle était loin d'éprouver. Les images se succédaient sur l'écran, mais elle n'avait pas la moindre idée du sujet qu'elles concernaient. Lorsqu'elle entendit le moteur de la Rover, elle faillit s'étrangler.

Elle toussait encore, quand Matt entra. Il ne montra aucun étonnement en la voyant, sans pour autant lui faire bonne figure. Il lui jeta seulement un long regard pénétrant, qui paraissait blâmer sa légèreté. Leur désaccord la laissait donc indifférente, puisqu'elle osait s'installer devant la télévision avec des friandises !

— J'ai dactylographié l'interview. Si tu le désires, je peux partir maintenant.

— Ce n'est pas nécessaire, murmura-t-il laconiquement.

Il ne la jetait pas dehors ce soir, quel soulagement ! Elle allait rester tranquille et s'efforcer de passer inaperçue, pour ne pas l'irriter davantage.

Sans bruit, elle monta dans sa chambre, où elle entreprit de ranger ses affaires, éparpillées aux quatre coins de la pièce. Ensuite, elle tourna en rond, se demandant si elle devait descendre ou demeurer invisible. Au moment où elle se décidait à regagner le salon, elle entendit la voiture démarrer.

Il sortait de nouveau. Cette fois-ci, ce n'était pas à cause d'elle... Il se rendait probablement à quelque rendez-vous. Assise sur le sofa, Angela tenta vainement de lire.

La scène avec Matt l'avait profondément bouleversée. Une boule lui serrait la gorge chaque fois qu'elle y songeait. Souvent, elle avait essayé d'attirer son attention sans y parvenir. Cependant, il lui avait toujours témoigné une affection qu'elle jugeait indispensable. Or, cet après-midi, il l'avait regardée avec un mépris évident.

Elle ne l'entendit pas rentrer, malgré l'insomnie qui la tint éveillée une partie de la nuit. Lorsqu'elle mit le pied sur le palier, le lendemain matin, la radio était allumée.

Le journaliste était assis, habillé et rasé de frais, à la table de la cuisine. Il buvait du café, tout en lisant le journal.

— Bonjour ! lança-t-il à son entrée, se replongeant aussitôt dans sa lecture.

— A propos d'hier... commença-t-elle, en toussant pour s'éclaircir la gorge.

— N'y pense plus.

C'étaient bien ces mots-là qu'elle désirait entendre, mais il aurait fallu qu'il écoute d'abord ses explications. Il ne voulait pas discuter. Elle cherchait quelle contenance adopter, lorsque le grincement de la boîte aux lettres détourna son attention.

Tout le courrier était pour lui. Il y avait un grand nombre de cartes de Noël. Tandis que Matt les ouvrait, Angela se versa du café, et attendit une remarque qui l'aiderait à rompre la glace.

Il lui tendit brusquement une carte, qui représentait une scène à la Dickens. Elle lut : « A l'occasion des fêtes, affectueuses pensées et vœux de bonheur à tous les deux. Vous serez toujours les bienvenus. Emily Laurimore. »

— Elle s'adresse aussi à moi ? Comme c'est gentil de sa part. J'espère que Noël n'est pas trop triste pour elle.

— Emily ne craint pas la solitude.

— Elle a de la chance... Je n'ai pas encore envoyé une seule carte, déclara Angela, pour meubler le silence. Je pensais en avoir le temps, après le départ de mon père. Je les ai achetées, et elles sont restées chez moi. Je ne me suis pas non plus occupée des cadeaux... Et toi ? Désires-tu que je me charge de quelques courses à ta place ?

Elle parlait d'une voix aiguë, à force de vouloir paraître normale.

— Non merci. J'envoie une liste au magasin. C'est très pratique, et j'ai cette habitude depuis plusieurs années.

— Ça alors ! J'ignorais que c'était possible !

Ainsi, il ne choisissait pas lui-même ses cadeaux... Bien sûr, c'était un homme extrêmement occupé.

— Je n'ai pas l'impression que Noël approche... murmura-t-elle. Aimerais-tu que je décore la maison ? J'ai une boîte pleine de guirlandes et de boules, chez moi.

Chaque année, depuis qu'elle était toute petite, Angela se plaisait à orner sa demeure. Un sapin était dressé dans le salon, et toute la pièce scintillait de guirlandes et de bougies. *Chapel House*, en revanche, n'avait pas droit à cette atmosphère de fête, car Matt était toujours absent à cette époque de l'année. Cette fois-ci encore, il serait loin, comme il s'empressa de le lui rappeler.

— Inutile de faire des frais, puisque la maison sera vide.

— Elle sera vide le vingt-quatre au soir, seulement...

C'était la date de son départ pour l'Espagne. Matt devait également rejoindre des amis la veille de Noël, et serait de retour le jour de la Saint-Sylvestre. Il restait une semaine et un jour, avant qu'ils ne partent chacun pour une destination différente. Angela imagina un sapin au milieu du salon, se demandant si un décor plus joyeux lui rendrait sa gaieté.

— Je te remercie, coupa-t-il. Je ne suis pas très amateur de guirlandes, ni de papier d'argent...

C'était exactement ce que contenait sa boîte...

— Désolée. Ton sens de l'esthétique serait-il offensé, si j'accrochais quelques cartes de vœux ?

— Pas le moins du monde !

Normalement, il aurait dû rire, mais il n'avait visiblement pas l'esprit à cela. Il ne me trouve plus drôle, songea-t-elle tristement. Pourtant, quels fous rires nous avons partagés !

Ils s'occupèrent d'abord du courrier. Le journaliste dictait, Angela prenait des notes, puis tapait les lettres à la machine. Ensuite, il lui tendit une liasse de documents à déchiffrer. C'était la base d'un nouveau livre qu'il s'apprêtait à écrire. Ses ouvrages racontaient des aventures vécues, plus passionnantes les unes que les autres. Une fois le livre commencé, le lecteur ne pouvait plus s'arrêter. Ses romans étaient à l'image de leur auteur, il était difficile de s'en détacher...

— Matt, je n'arrive pas à déchiffrer cette ligne...

Elle s'était approchée sans qu'il lève la tête. Avec un soupir d'impatience, il énonça mot à mot le passage illisible. Jamais auparavant elle ne l'avait exaspéré à ce point.

June avait pris son jour de congé, et vers une heure, Matt demanda :

— Tu nous prépares quelque chose à manger ? Un sandwich, ou n'importe quoi.

Angela ouvrit une boîte de pâté, posa quelques tranches de pain sur un plateau, avec du beurre et une tasse de café ; elle porta le tout sur le bureau de Matt.

— Et toi ? interrogea-t-il.

— Je me suis installée sur la table de la cuisine.

Il la rejoignit, et ils déjeunèrent ensemble, tout en parlant de son prochain livre. Il lui en expliqua superficiellement le sujet, comme il l'aurait fait à n'importe quel étranger.

— Puis-je descendre chez moi ? demanda-t-elle, lorsqu'il eut avalé son café à la hâte. Le garde-meuble vient prendre mes affaires.

— Bien sûr.

Marchant sur le sentier qu'elle connaissait par cœur, elle songeait à Matt. A quoi aurait-elle pu penser d'autre ? Elle n'avait pas envie de quitter l'emploi qu'il lui avait offert, mais il ne lui rendait pas les choses faciles. En réalité, il l'ignorait purement et simplement. Peut-être se comportait-il toujours ainsi, en période de travail intense ? Il semblait avoir dressé un mur autour de lui.

Ses paquets étaient prêts à partir. En attendant l'arrivée du camion, la jeune fille se mit à fouiller dans une boîte, où se trouvaient toutes sortes d'objets concernant Matt. L'album avec les coupures de journaux était au fond. Elle l'avait commencé alors qu'elle était très jeune, et, jusqu'à aujourd'hui, elle avait continué à découper tous les articles qu'il écrivait, à conserver les cartes postales qu'il lui envoyait. Elle possédait également des poupées, des sacs, des colliers, des bracelets, des perles, qui dataient de son enfance. C'était presque un musée...

Elle portait les cadeaux les plus récents, à l'exception du bracelet de ses dix-sept ans : du parfum, des gants, des écharpes de soie qui faisaient tous partie de sa garde-robe.

Matt venait de lui apprendre qu'il n'avait pas acheté ses cadeaux lui-même depuis des années... Quelle sorte de liste envoyait-il au magasin ? Age, sexe, et une brève description de la personne, ne dépassant pas quelques lignes... ?

Elle referma la boîte en soupirant. Elle avait toujours su qu'il pouvait se montrer dur et impitoyable. Au moment où elle fixait le couvercle avec du papier collant, le camion du garde-meuble s'arrêta devant la maison.

Lorsque tout fut réglé, elle reprit le chemin de *Chapel House*. A quelques mètres de la maison, elle entendit la sonnerie du téléphone. Matt raccrochait au moment où elle entra dans le salon.

— C'est une personne qui ne semble pas vouloir me parler, expliqua-t-il.

— Peut-être est-ce une erreur ?

— Quelqu'un qui raccroche sans prononcer un mot, dès qu'il entend ma voix ? Et cela pour la troisième fois...

— Je ne suis pas au courant, assura-t-elle, comprenant qu'il croyait que le coup de fil lui était destiné.

— C'est toi qui répondra, la prochaine fois.

— Bien sûr.

Matt s'était emparé de la machine, et le salon résonnait d'un crépitement ininterrompu. Ne pouvant poursuivre son travail de déchiffrage, Angela s'installa une fois de plus à la table de la cuisine avec son carnet d'adresses, et entreprit de rédiger ses cartes de vœux.

Lorsque le téléphone sonna à nouveau, elle se crispa et regarda en direction de Matt qui l'ignora délibérément. Elle prit l'appareil.

D'un ton neutre et professionnel, elle donna le numéro

de la maison. Dans l'écouteur, la voix de Paul Carbone junior s'écria :

— La quatrième fois est la bonne !

— Vous êtes complètement fou ! bredouilla-t-elle, au comble de l'indignation. Vous ne pensez pas que j'ai eu suffisamment d'ennuis comme cela, avec vous ? Il vaudrait mieux ne pas insister...

Elle était sur le point de raccrocher, lorsque Paul supplia :

— Accordez-moi au moins une chance de vous présenter mes excuses !

— D'accord...

— Vous les acceptez ?

— Je n'ai pas le choix...

— Il est encore là, n'est-ce pas ? Je rappellerai plus tard.

La machine à écrire s'était tue. Le regard ironique de Matt posé sur elle la mettait mal à l'aise.

— C'était Paul Carbone, annonça-t-elle. Il voulait s'excuser.

— Quel jeune homme bien éduqué !

— Non. Il n'est pas bien éduqué.

Que devait-elle ajouter ? De nouvelles excuses ? A quoi serviraient-elles ? Sans un mot, elle retourna à ses cartes de Noël, et Matt à sa machine à écrire. A sept heures, il était encore à son bureau.

— Veux-tu que je prépare le repas ? s'enquit-elle.

Jetant un coup d'œil à sa montre, il ouvrit des yeux ronds.

— Déjà cette heure-là ? Inutile, je dîne dehors.

Tant mieux, pensa Angela. La solitude était préférable à un tête-à-tête forcé qui ne lui apporterait que déception et chagrin. Si Paul Carbone téléphonait, Matt ne serait pas à trois mètres d'elle, prêt à l'accabler de sarcasmes. Elle dut paraître soulagée, car il remarqua :

— Cela te laisse le champ libre... Tu reçois ?

— Pas à ma connaissance.

— Si Paul Carbone met les pieds ici, veille à ce qu'il ne touche pas à mes papiers. Tu n'es pas la seule chose qui l'attire, dans cette maison.

— Pourquoi ne les enfermes-tu pas à clé ? suggéra-t-elle sèchement. Et si on me demande ce que tu mijotes, au sujet des Carbone ? Paul était au collège avec le fils de Norman Holle, et il te trouve des instincts meurtriers. En quelques mois, Holle aurait redressé la situation, à son avis.

Matt ricana.

— En quelques mois, Holle aurait mis la main sur les économies de quelques centaines d'autres petits épargnants, et se serait enfui avec le magot.

— J'ignorais tout cela. Mais... au sujet des Carbone, tu écris un simple article, ou bien s'agit-il d'une sorte de rapport ?...

— Laissons le sujet de côté, pour le moment ! Mme Johnson n'est peut-être pas la seule à bavarder, par ici...

Il la croyait capable d'indiscrétion ! Cela signifiait qu'il n'avait jamais eu l'intention de lui faire des confidences sur son travail, ou même de se fier à elle. Elle perdait son temps dans cette maison. Ravalant la boule qui lui montait à la gorge, elle balbutia :

— Ecoute-moi...

— Pas maintenant, je suis déjà en retard.

Il courut à la salle de bains, et en ressortit quelques minutes plus tard, rasé de frais, les cheveux disciplinés par un coup de peigne. Il décrocha son manteau, et lui lança en guise d'adieu :

— Je rentrerai tard.

— Chic ! Je vais pouvoir profiter de ma liberté jusqu'à minuit, au moins !

Il n'entendit pas, car la porte avait claqué, et il était déjà dehors.

Angela rangea ses cartes de vœux dans son sac. Elle irait les poster demain. Ecrirait-elle, comme chaque année, une carte qu'elle choisissait tout spécialement pour Matt, avec soin ?

Elle regarda le courrier qu'il avait reçu : il n'y avait rien de la part de Sonia. C'était inutile, puisqu'elle allait passer Noël avec lui... et qu'elle avait la possibilité de le voir tous les soirs, si elle le désirait.

Elle ferait mieux de regarder ses propres cartes, au lieu de mettre son nez dans celles de Matt. S'il l'abandonnait, il lui restait encore quelques bons amis. Certains de ses anciens flirts lui envoyaient leurs vœux. Robert, par exemple, un professeur de géographie avec qui elle était sortie l'année dernière. Il pensait visiblement toujours à elle. Pourquoi n'était-ce pas lui que son cœur avait choisi, plutôt que Matt ? La vie était mal faite.

Paul Carbone téléphona, alors qu'elle se préparait un repas succinct. Il eut l'audace de demander :

— La voie est libre ?

— Si vous parlez de M. Hanlon, oui, il est là. répondit-elle froidement. Mais il n'est pas dans la pièce, en ce moment. Désirez-vous lui dire un mot ?

— Non. C'est vous que j'appelle. Je suis désolé si je vous ai attiré des ennuis.

— J'aurais dû me tenir à ma place, et prendre des notes comme on me l'avait ordonné. C'est ma faute. Et c'est aussi ma faute si vous vous êtes fait des idées, car vous n'êtes pas du tout mon genre. Je suis fiancée à un catcheur.

Il éclata d'un rire nerveux.

— Et l'article ? Où en est-il ?

— Je n'en ai pas la moindre idée. Matt est tellement furieux contre moi qu'il m'a donné une tonne de pages à dactylographier. Je n'ai pas eu droit à une seule parole aimable depuis notre visite.

— Zut ! Le mettre en colère est bien la dernière chose

que je désirais... Mon père m'a déjà passé un de ces savons...

— Bien fait, murmura Angela.

— Je sais bien qu'il est présomptueux de ma part de vous réclamer une faveur, mais vous êtes une fille formidable. Vous me plaisez infiniment, alors, ne soyez pas trop dure avec moi... Je ne vous demande qu'un petit service, bredouilla-t-il. Il va certainement vous parler de nous, un jour... Si vous pouviez me téléphoner pour me rassurer, me dire si tout ira bien, ou s'il s'agit d'un article meurtrier... Vous comprenez ?

Il semblait fort soucieux, cependant ce n'était pas une raison pour qu'elle se mette à espionner.

— C'est impossible.

— Oui, sans doute, vous avez raison. Je m'inquiète probablement pour rien, mais c'est à cause de Holle...

Il raccrocha, laissant Angela désorientée. Sur quoi était fondé l'article que Matt écrivait au sujet des Carbone ? Pour en savoir davantage, elle inspecta son bureau, mais ne découvrit rien d'intéressant. L'écritoire ne contenait que des feuilles blanches, et le tiroir était fermé à clé. Même la corbeille à papiers était vide. C'était significatif : il se méfiait d'elle. Furieuse, elle vida la boîte à crayons, dans l'espoir que la clé y serait. Néanmoins, celle-ci demeura introuvable.

Lorsque le journaliste rentra, elle était au lit depuis longtemps. Il repartit immédiatement après le petit déjeuner, pour rencontrer son éditeur. Avant qu'il ne sorte, elle lui demanda :

— Est-ce que je peux aller faire quelques courses en ville ?

— Bien sûr.

Elle se rendit au village, car sa voiture était restée dans le garage de son ancienne maison. Il lui fallut une demi-heure pour démarrer. Une fois dans le centre de la ville,

138

elle trouva un parking, et, sa liste de cadeaux à la main, entama la tournée des magasins.

Dans le square, le grand sapin dressait ses branches ornées de mille couleurs. Des haut-parleurs diffusaient des chants de Noël, des gens aux bras chargés de paquets se hâtaient sur les trottoirs, des badauds émerveillés s'absorbaient dans la contemplation des vitrines. Angela, en revanche, se sentait parfaitement étrangère à la fébrilité générale. Elle choisissait des cadeaux, rayait des noms sur sa liste, mais n'y trouvait aucun plaisir. C'est avec lassitude qu'elle se dirigea vers la boutique de Jenny.

— Bonjour, comment vas-tu ? lança joyeusement cette dernière.

— Bien. Et toi ?

— *Très* bien.

Ses récents problèmes semblaient ne jamais avoir existé, et elle n'y fit pas la moindre allusion.

— Tu veux un café ? proposa-t-elle. J'en prendrai volontiers un moi-même.

Elles s'installèrent dans l'arrière-boutique.

— Tu leur manques, à l'agence, révéla Jenny lorsqu'elles furent assises. Des clients t'ont réclamée, d'après Mme Sims.

— Vraiment ?

— Cependant, ils ne te reverront pas, si j'ai bien compris ?

— C'est plus qu'improbable.

Elles se quittèrent peu après, et Angela ne s'attarda pas davantage en ville.

Le jour suivant, Matt fut courtois, mais distant. Chaque fois qu'elle le dérangeait pour une explication, il ne cherchait pas à dissimuler son impatience. Un gouffre s'était creusé entre eux. Il paraissait même s'efforcer de l'éviter.

Le lundi, elle demanda à se rendre de nouveau en ville, pour achever ses dernières emplettes.

La première personne qu'elle rencontra fut Gareth. Il se montra extrêmement aimable.

— Angela, ta place au bureau est encore vacante, je désirais que tu le saches.

Elle resta silencieuse.

— Comment se comporte le célèbre Matthew Hanlon, dans l'intimité ? reprit-il doucement.

— En homme intéressant.

— Eh bien... Joyeux Noël. Mon bon souvenir à ton père.

— Au tien également.

— Tu ne veux pas venir dîner, un soir ? Si Matthew Hanlon t'y autorise...

— Je ne peux pas, prétendit-elle. Je suis très occupée.

Matt s'en soucierait comme d'une guigne, mais elle n'avait aucune envie de sortir avec Gareth, même si son offre d'emploi n'était pas sans attraits...

— J'ai rencontré Gareth, confia-t-elle à Matt. Il m'a proposé de reprendre mon ancien emploi.

— Ah oui ? Et tu as accepté son offre ?

— Peut-être. Je déciderai après Noël.

— J'oubliais, déclara-t-il, sans témoigner davantage d'intérêt pour la question. Il y a un colis pour toi dans la cuisine.

Sur la table, elle trouva un grand paquet plat, où son nom était inscrit en grosses lettres. Elle coupa la ficelle, écarta le papier d'emballage... et découvrit le tableau de Paul Carbone pour lequel elle avait marqué une préférence.

— Cela vient de Paul Carbone, annonça-t-elle d'un ton réservé.

— Livré par l'auteur, commenta laconiquement le journaliste.

— Mon Dieu ! Est-ce qu'il a troublé ton travail ?

— Pas autant que tu sembles l'avoir troublé, lui ! Il bafouillait comme un gamin de huit ans.

Après Noël, elle renverrait cet objet. Elle ne désirait ni le tableau ni voir Paul bégayer sur le pas de sa porte.

— Il vaut mieux que je le range dans ma chambre, affirma-t-elle.

— A moins que tu ne l'accroches avec tes autres trophées de Noël, ironisa Matt, faisant allusion aux cartes qu'elle avait disposées sur une étagère.

Il se fit très rare pendant la semaine précédant Noël. Il sortait tous les soirs, et était absent la plus grande partie de la journée. Il avait cessé de donner du travail à Angela, et celle-ci rendait visite à ses amis, à qui elle distribuait ses cadeaux. Elle fut invitée à deux soirées, où elle alla pour passer le temps, et parce que c'était moins triste que de rester seule à *Chapel House*. On lui demanda d'amener Matt, mais elle ne prit pas la peine de lui transmettre les invitations, persuadée qu'il refuserait.

L'avant-veille de Noël, il se rendit avec Sonia au studio de la télévision, pour y tourner un film artistique qui serait programmé pendant les vacances. Angela était assise au milieu du salon, occupée à envelopper ses derniers cadeaux, lorsque Matt et Sonia firent irruption dans la pièce. Des papiers multicolores et des rubans dorés jonchaient le sol.

Tous deux saluèrent Angela, puis le journaliste s'excusa, et monta dans sa chambre.

Dès qu'il eut disparu, Sonia attaqua, sans élever la voix, mais d'un ton courroucé :

— Vous ne croyez pas que vous traînez ici depuis assez longtemps ? Nous savons tous ce qu'il doit à votre père, cependant vous commencez à lui porter sur les nerfs... J'ignore comment il parvient à travailler, avec vous dans les jambes !

La jeune fille s'efforça de paraître indignée, mais dut reconnaître que Sonia avait raison. Matt lui avait offert un toit et une occupation sur une impulsion, et il avait dû le regretter presque immédiatement. Ce n'était pas l'excès de travail qui le rendait irascible, c'était la présence permanente d'Angela.

— Ne vous inquiétez pas, répliqua-t-elle. Je ne reviendrai pas après Noël.

— Je suis ravie de l'entendre, assura l'autre, presque aimable.

Matt redescendit, les bras chargés de paquets. Apparemment, ils partaient à une soirée. Il portait un costume bleu nuit, et Sonia avait, semblait-il, assorti sa tenue à la sienne : son tailleur était également bleu sombre, en velours de soie. Une veste de renard bleu était négligemment jetée sur ses épaules.

— Que fais-tu ce soir ? demanda Matt à Angela.

— Oh, j'ai un rendez-vous prévu depuis longtemps...

— Amusez-vous bien ! lui lança Sonia.

— Vous aussi !...

Matt la regarda à peine. Ils sortirent tous les deux, et Angela contempla le fouillis des rubans éparpillés sur le sol, et le morceau de papier qu'elle avait involontairement froissé entre ses doigts. Elle entreprit de mettre un peu d'ordre, tandis que de grosses larmes roulaient sur ses joues.

8

Angela se sentait incapable de passer Noël avec sa famille. Dès qu'ils la verraient, ils comprendraient à quel point elle était malheureuse, même si elle affichait un large sourire. Tante Ida et son père la connaissaient trop bien pour être dupes au-delà de quelques minutes. Ils poseraient des questions, et il était probable qu'elle fondrait en larmes.

Matt n'avait jamais eu besoin d'une secrétaire, les choses rentreraient donc dans l'ordre lorsqu'elle quitterait *Chapel House*. Elle l'assommait : il ne la supportait qu'à petites doses, ne pouvait travailler sérieusement en sa présence... Comment affronter son père avec un moral aussi bas...?

Elle prit le téléphone, et appela l'Espagne. Ce fut Tante Ida qui répondit. Angela avait avalé un whisky sec, pour se donner de l'assurance.

— Tout va bien, prétendit-elle. Cependant, je viens d'avoir la grippe... Il est préférable que je remette mon voyage au mois prochain. Je suis très déçue, mais je ne me sens pas assez en forme pour voyager.

— Et que vas-tu faire pour Noël? demanda sa tante, vaguement inquiète.

— Oh... j'irai chez des amis.

— Chez qui ?

Elle avait le choix entre une douzaine de réceptions. Les cartes de vœux, joyeuses et multicolores, dansaient devant ses yeux.

— Emily, dit-elle tout à coup. Emily Laurimore. Je la connais depuis peu.

— Et ton nouvel emploi ? demanda Tante Ida, pour qui le nom d'Emily n'évoquait rien.

— Pas facile... Il est possible que je recommence à vendre des maisons.

— Je n'en serais pas fâchée...

Sa tante avait toujours craint qu'Angela ne souffre à cause de son attirance pour Matt. Heureusement qu'elle ne la voyait pas ! Elle aurait immédiatement compris à quel point elle était malheureuse. Elles bavardèrent encore un instant, et la jeune fille parvint à conserver un ton enjoué.

Ensuite, elle annula son billet d'avion, et se demanda comment elle allait employer les quelques jours à venir. Ses amis seraient ravis de la voir, mais il était un peu tard pour se faire héberger durant les vacances.

Elle pouvait toujours rester ici, puisque Matt serait absent au moins une semaine. Cependant, elle voulait fuir tout ce qui lui rappelait leur amitié détruite... Il s'ennuyait à mourir avec elle, avait déclaré Sonia. Angela n'était pas près de l'oublier.

C'était affreux de se sentir rejetée... aussi affreux que de perdre quelqu'un que l'on aimait. Dieu sait qu'elle aimait Matt de toute son âme, comme elle n'aimerait jamais personne d'autre. Hélas, l'homme tendre et attentionné dont elle était éprise, existait seulement dans son imagination ; le vrai Matt était cruel et insensible. Le regard brouillé par les larmes, elle regarda la carte d'Emily, comme si elle espérait y puiser un réconfort. Emily avait aussi aimé et perdu... puis elle avait vaincu sa

144

solitude, seule. « Vous serez toujours les bienvenus... », lut Angela, et, soudain, elle trouva la réponse.

Elle allait retourner à la ferme sur la lande, parler avec la vieille dame, se promener dans la campagne déserte. Dans l'isolement, elle recouvrerait peut-être le calme qui lui permettrait de décider de son avenir.

C'était la fin d'un beau rêve, qu'elle avait entretenu des années durant. Il fallait continuer à vivre. Pour se jeter immédiatement dans l'action, elle gravit l'escalier, débarrassa sa valise des vêtements légers prévus pour l'Espagne, et y entassa à la hâte lainages et pantalons chauds. Parmi les cadeaux qu'elle destinait à sa famille, se trouvait une paire de pantoufles roses molletonnées pour Tante Ida. Angela en fit un paquet. Elle emballa aussi une écharpe de mohair vert sombre avec le bonnet assorti. Elle les offrirait à Emily. C'était décidé : elle partirait demain.

Elle n'entendit pas Matt rentrer, cette nuit-là. Au matin, lorsqu'elle sortit à pas de loup, les portes du garage étaient fermées. La Rover s'y trouvait peut-être, mais elle ne vit pas trace de son propriétaire.

Sa petite voiture était blanche de givre. Il lui fallut quelques minutes pour gratter le pare-brise et mettre le moteur en marche.

Elle ne devait surtout pas réveiller le journaliste, si, par hasard, il était là-haut. Elle n'avait pas l'intention de l'informer de ses nouveaux projets.

Personne ne vint troubler son départ. C'était la veille de Noël, la circulation sur les routes serait intense. Délaissant l'autoroute, elle s'engagea sur une voie secondaire ; elle disposait en effet de tout son temps, pour arriver à destination.

En s'arrêtant pour manger, elle entra chez un traiteur, et acheta quelques plats tout préparés pour le réveillon. Son déjeuner solitaire lui rappela son premier voyage avec Matt. Qu'est-ce que je fais ici ? se demanda-t-elle, en proie à un profond désarroi.

Elle prenait la fuite, c'était la seule explication. Quelle idée insensée ! Pourvu qu'Emily ne s'en formalise pas... Elle avait peut-être formulé cette invitation polie sur sa carte, mais ne s'attendait pas à voir surgir Angela si rapidement. Et si elle avait envie de rester seule pour Noël ? Seule avec ses souvenirs... Si elle avait le sentiment de la gêner, Angela se contenterait de lui souhaiter un « Joyeux Noël », de passer la nuit à la ferme, et de repartir le lendemain.

Elle dépassa l'épicerie du village où Emily se servait. La crainte la dévorait, à présent, mais c'était trop tard. L'avion avait décollé depuis plusieurs heures, et elle était trop près du but pour reculer. La voiture s'élança à travers les collines, à l'assaut des interminables lacets. La lande était toujours aussi déserte : sa solitude même semblait tendre les bras à Angela. Encore un virage, et le chemin de terre apparut. C'est le point de non-retour, songea-t-elle, en s'engageant sur le sentier durci par le gel.

Ce n'était pas la meilleure époque pour s'aventurer à pied dans les landes du Yorkshire. Une fois derrière la colline la plus proche, elle serait invisible de la route. Si elle s'égarait ou se foulait la cheville, personne ne pourrait la secourir. Tout en se persuadant qu'elle devrait faire demi-tour, elle se retrouva devant la barrière à moitié écroulée. Sa petite valise et son sac de provisions à la main, elle s'achemina vers sa destination, en étouffant tant bien que mal une panique grandissante.

Elle essaya de se convaincre que Matt était derrière elle, prêt à voler à son secours si elle trébuchait. Encouragée par cette illusion, elle arriva à l'ancienne voie romaine. Là, elle s'immobilisa un moment, repensant aux bras de Matt qui, un soir, l'avaient entourée et réconfortée.

146

Jamais elle n'aurait dû venir jusqu'ici... Elle avait fui un lieu pour se réfugier dans un autre qui évoquait les mêmes douloureux souvenirs. Elle revoyait son beau visage aux traits réguliers penché vers elle. C'est dange-reux de vivre pour une seule personne, avait-elle mur-muré au creux de son épaule. Il vaut mieux ne pas aimer de cette façon... Il avait acquiescé, imaginant probable-ment qu'elle parlait de Gareth, alors qu'elle songeait à Tom et Emily, et à elle-même...

Avec un profond soupir, elle reprit son chemin, et franchit la dernière colline qui la séparait de la ferme.

Le jour commençait à décliner. Les bâtiments dres-saient leur masse sombre contre le ciel crépusculaire. Comme la première fois, une lampe brillait à la fenêtre. On l'aurait crue posée là pour servir de guide... Emily attendait-elle des visites ?

Essoufflée par sa longue marche et le poids de ses bagages, elle traversa la cour pavée, et frappa à la porte.

Pas de réponse. Retenant sa respiration, elle frappa une nouvelle fois, un peu plus fort. Seul le silence lui fit écho. Emily ne venait pas, la maison restait close. Angela tourna la poignée, et, ne rencontrant pas de résistance, elle entra.

— Il y a quelqu'un ? lança-t-elle à la cantonade.

La lampe à huile brûlait, la pièce était bien chauffée. Elle inspecta la cuisine. Personne. Appelant Emily à plusieurs reprises, elle monta au premier, tout aussi désert. Pas trace de Tab non plus. Emily était peut-être dehors, elle devait bien se trouver quelque part. Angela alla prendre sa valise et ses victuailles restées sur le seuil, afin de les porter sur la table de la cuisine. C'est à ce moment-là qu'elle aperçut le mot.

Rédigé en grosses lettres, il disait : « Angela, attendez Matt ici. » Elle retourna le papier dans tous les sens, avec des yeux ronds. Ce n'était pas l'écriture du journaliste, cependant c'était un message émanant de lui.

Comment avait-il appris sa venue ? Tout le monde l'ignorait, à l'exception de Tante Ida. Son père avait peut-être voulu la rappeler ? Il était tombé sur Matt, et lui avait annoncé qu'Angela ne venait pas en Espagne, mais passait Noël avec une certaine Emily Laurimore. Une sorte d'exaltation l'envahit. Où était Emily ? Où était Matt ? Elle serra convulsivement ses mains, comme pour une prière muette.

Que pouvait-elle faire, sinon attendre et espérer très fort qu'il viendrait ? Trop nerveuse pour demeurer inoccupée, elle s'agita, monta sa valise à l'étage, rangea ses vêtements dans la commode. Ensuite, elle déposa ses emplettes dans le garde-manger.

La nuit était tombée, et Emily demeurait invisible. La jeune fille alluma une torche, et fit le tour de la ferme. Puis elle retraversa la cour, et s'éloigna en direction de l'ancienne voie romaine. C'était par là que quelqu'un arriverait. Tout en faisant les cents pas pour se réchauffer, elle attendit. La flamme mouvante de sa torche projetait des ombres étranges sur le paysage. Tout à coup, elle aperçut une petite lueur qui dansait au loin, sur la lande. Eteignant sa propre torche, elle se mit à courir en criant :

— Matt, c'est toi ?

Etait-ce Emily ? Ou quelqu'un d'autre encore ? Elle aurait dû rester à l'intérieur, mais ses pieds la portaient malgré elle vers ce point lumineux, et elle savait que c'était Matt.

— Qui d'autre attendais-tu ? L'Empereur Hadrien ? lança la voix familière.

Une vague de bonheur la submergea. Il était là, tout près d'elle.

— Je ne pensais pas te voir, toi... balbutia-t-elle.

— Et pourquoi es-tu dehors ? Tu ne peux donc jamais faire ce que l'on te demande ?

148

Il lui parlait comme autrefois, elle reconnaissait cette intonation à la fois tendre et sévère.

— Où est Emily ? interrogea-t-elle, en glissant son bras sous le sien.

— Elle a des amis, au cas où tu l'ignorerais... Ils ne la laissent jamais seule pour Noël.

— Comment as-tu deviné que j'étais ici ?

— Je suis allé à l'aéroport pour te dire au revoir. Apprenant que tu avais annulé ton voyage, j'ai téléphoné en Espagne. Ils m'ont annoncé que tu étais ici. En l'absence d'Emily, j'ai appelé l'épicier du village. Il est venu allumer le chauffage, déposer de la nourriture, et laisser un mot en évidence.

— C'est très gentil de sa part. Cependant, c'était inutile de te déranger, ajouta-t-elle, contenant tant bien que mal sa jubilation.

— C'est à cause de moi que tu es venue ici la première fois... Seigneur, tu me donnes du fil à retordre !

Mieux valait cela que de le faire périr d'ennui...

— Merci... Je ne me serais pourtant pas laissé mourir de froid devant une porte fermée. J'aurais cassé un carreau, ou bien je serais repartie.

— Ou tu te serais perdue dans la lande...

— Non, j'ai un excellent sens de l'orientation.

— C'est bien le seul sens... bref. Qu'est-ce qui t'a pris de changer d'avis à la dernière minute, et de t'égarer ici, plutôt qu'ailleurs ?

La porte de la ferme était restée entrouverte, et un air glacial avait pénétré dans la pièce. Matt la referma derrière eux, attendant ses explications.

— Je désirais réfléchir, dans un endroit tranquille. J'ai pensé à Emily.

— Emily et Tab sont en route pour le Lake District.

— J'espère qu'ils passeront de bonnes vacances. Et toi, tu restes ici ?

— Bien sûr, déclara-t-il en posant une petite valise sur la table. J'ai assez roulé pour aujourd'hui.

— Désolée d'avoir bousculé tes plans, prétendit-elle, au comble de l'allégresse.

— Tu peux le dire !

— As-tu faim ? Il y a plein de bonnes choses !

— J'ai *très* faim !

Ils firent un véritable festin : viande froide, pâté, pâtisseries, fruits déguisés, marrons glacés, le tout arrosé de champagne. Angela souriait ; Matt la regardait, et lui parlait comme avant.

— Si j'avais su que nous passerions le jour de Noël ensemble, déclara-t-elle, je t'aurais apporté un cadeau... Je n'ai dans ma valise qu'une paire de pantoufles roses, une écharpe et un bonnet de laine que je destinais à Emily. Tu les veux ? Ils pourraient te tenir chaud, cette nuit.

Ses joues s'étaient empourprées tandis qu'elle parlait, mais le journaliste répondit seulement :

— Ce sera plus joli sur Emily. Tu devras également attendre ton cadeau.

— Pourquoi ? Le magasin a livré trop tard ?

— Non. Tu n'as jamais figuré sur ma liste, j'ai toujours acheté ton cadeau moi-même.

— Alors j'attendrai.

Ils quittèrent la table sans la débarrasser, et s'installèrent sur le sofa. Matt posa légèrement son bras autour des épaules d'Angela, et questionna :

— A quoi désirais-tu réfléchir ?

— A mon retour éventuel à l'agence, entre autres choses.

— Tu retournerais donc avec Gareth ?

— Seulement pour travailler...

Elle se mit à rire, renversant sa tête en arrière sur le bras de son compagnon.

150

— Gareth n'est pas seulement attiré par mes charmes, comme tu l'as remarqué à propos de Paul Carbone...

— Ah oui ?

— Matt, que cachent les Carbone, derrière leur façade de gens bien élevés ?

— Tu as entendu parler de Joseph Erskine ?

— Non, sauf sur ta cassette.

— Et elle prétend avoir étudié la peinture ! s'écria-t-il pour la taquiner. C'était un faussaire de premier ordre. Après la guerre, il mit en circulation des tableaux de peintres célèbres, qui avaient prétendument échappé par miracle aux bombardements. C'étaient tous des faux, inventés de toutes pièces par ce maître en la matière.

— Et M. Carbone sait qu'il a cessé de peindre.

— J'ai appris que Erskine vivait sous un nouveau nom, et qu'il avait un physique de vieillard sympathique. Tu te souviens de la photo sur mon bureau ? C'était lui. Le plus intéressant est qu'il travaille pour la Galerie Carbone, comme restaurateur de tableaux.

— Se contente-t-il de les restaurer ?

— Nous l'espérons...

— Que vas-tu faire ?

— Lui donner une sorte d'avertissement.

— Je ne m'étonne plus de l'intérêt que Paul manifestait pour ton article ! Il se moquait royalement de ma personne !

— Je ne crois pas. Tu les as toujours collectionnés, n'est-ce pas ?

— Collectionné quoi ?

— Les amoureux.

Nerveuse, elle s'empressa d'aller chercher un biscuit sur la table, alors qu'elle n'en avait nulle envie. C'était lui qui accumulait les conquêtes, pas elle.

— Combien de femmes as-tu séduites ? demanda-t-elle, en feignant de s'absorber dans la contemplation des reliefs du repas.

— Un certain nombre...

Evidemment, il était expert en la matière. Il la pratiquait depuis des années... Elle se rappela ses cauchemars peuplés d'images de lui avec Sonia, et sa jalousie. Je ne supporterai jamais qu'il retourne vers une autre, pensa-t-elle. J'en mourrais.

Par la fenêtre, elle contempla la nuit étoilée, qui semblait briller comme une promesse.

— Es-tu très amoureux de Sonia ?

— Non.

Elle aurait dû se douter de la réponse. Il n'était pas homme à laisser ses sentiments prendre une trop grande importance. Son métier passait avant le reste.

— Mais... vous êtes amants ?

Elle l'entendit approcher, et se retourna pour lui faire face, le dos à la fenêtre. Immobile devant elle, il tendit la main pour effleurer délicatement son cou. Il s'approcha encore, et, soudain, son corps fut contre le sien. Ses bras forts et rassurants l'enveloppèrent, elle se sentit renaître à la vie. Jamais Angela n'avait appartenu à un homme, cependant elle désirait Matt de toute la force de son être.

Il l'embrassait doucement et sa peau paraissait s'embraser... Elle brûlait ! Tout à coup, elle se souvint de son cauchemar, Matt et Sonia dévêtus, et elle éclata en sanglots malgré elle.

— Angel, murmura-t-il. Ne crains rien, je ne te ferai aucun mal, mon amour.

Pourquoi parlait-il ainsi ? Elle l'ennuyait tant, lorsqu'ils étaient à *Chapel House*. Ce soir, il la désirait, mais demain, ce serait Sonia de nouveau. Le visage baigné de larmes, elle se débattit.

— Je t'en prie, je t'en prie, laisse-moi...

Elle rajusta son gilet aussi violemment qu'une nuit, à dix-sept ans, elle avait quitté son déshabillé.

— Je veux aller me coucher... Toute seule, s'il te plaît.

Il n'ébaucha pas un geste pour la retenir. S'échappant

de ses bras, elle courut se réfugier dans la chambre du premier, où elle s'écroula sur le lit.

— Mon Dieu ! mon Dieu ! sanglota-t-elle. J'ai perdu la raison...

Elle avait tellement attendu le moment où Matt la trouverait séduisante. Elle avait tant souhaité lui appartenir corps et âme. En le voyant arriver, deux heures plus tôt, elle avait cru son rêve réalisé. Tout son être se consumait de désir. Mais après ? Lorsqu'il repartirait vers sa vie où elle n'avait pas de place... Vers ses amis qu'elle ne connaissait pas ? Jamais il ne l'aimerait comme une partie de lui-même. Elle devait l'accepter ainsi.

Pourtant, elle appartenait à Matt pour toujours, peu importaient ses sentiments à lui. Elle allait descendre, et goûter tout le bonheur qu'il voudrait bien lui donner. Il ignorait qu'il était le premier ; elle le lui expliquerait, et il comprendrait la panique qui l'avait saisie. Le froid de la chambre la fit frissonner. Pourquoi n'avait-elle pas tout appris dans les bras d'un autre, au lieu d'attendre Matt, en restant ignorante ?

Elle entendit le craquement des escaliers. Avait-elle rêvé ? Non, c'était bien un bruit de pas qui se rapprochait. Il venait à elle... Comme elle était heureuse !

Silencieusement, il avança vers le lit, s'assit auprès d'elle, entoura de son bras ses épaules tremblantes. Il demeura ainsi, jusqu'à ce qu'elle s'apaise. Puis il lui prit le menton, plongea son regard dans le sien, et demanda simplement :

— Pourquoi non, Angel ?

— Tu t'ennuies avec moi, n'est-ce pas ?

— Quoi ?

— Je veux dire... Pas ce soir, peut-être, pas ici... Mais, tu aurais travaillé plus vite si je n'avais pas constamment rôdé autour de toi... Ne prétends pas le contraire.

— C'est vrai, mais pas pour la raison que tu imagines.

J'ai écrit des pages et des pages de sottises, parce que tu m'empêchais de me concentrer. Je n'avais jamais compris à quel point la frustration peut être un élément perturbateur.

— Tu savais pourtant que tu n'avais qu'à prononcer un mot... J'aurais couru vers toi.

— Ce n'était pas aussi simple que cela.

Pour elle, cela l'était. Qui aurait désiré Angela quand Sonia était là ?

— Avec toi, cela ne peut pas être comme avec les autres, ajouta-t-il.

Elle se refusait à croire qu'il lui accordait davantage d'importance.

— Paul Carbone n'était qu'un divertissement, j'en étais conscient, reprit-il. Tu venais simplement de le rencontrer. Cela ne m'a pourtant pas empêché d'avoir envie de lui tordre le cou, et le tien aussi, quand je suis entré dans ce maudit studio, et que je l'ai vu essayer...

Angela n'en croyait pas ses oreilles ! Matt était jaloux de Paul ! Sa fureur n'avait aucun rapport avec son travail un moment abandonné !

— Et j'aurais volontiers mis le feu à ce tableau, lorsque tu l'as monté dans ta chambre !

— Il n'y avait pas de place dans le salon...

— Ecoute-moi, s'il te plaît, Angel, quand j'essaie de t'expliquer quelque chose.

Il saisit ses mains qu'il serra dans les siennes, comme s'il craignait qu'elle ne prenne la fuite.

— Ton père et toi avez toujours été ma seule famille. C'est pour cette raison, du moins en étais-je convaincu, que je me suis occupé de toi, après son départ. J'ai reçu un choc en apprenant que tu étais enceinte. Je n'avais jamais considéré tes aventures très sérieusement, pas plus que les miennes, d'ailleurs. Ebranlé et malheureux, j'ai décidé de veiller sur toi. C'était moi, et pas un autre. Et ce n'était pas à cause de ton père, ni poussé par un sentiment fraternel. Je me suis rendu compte que c'était pour une raison bien plus simple : parce que je t'aime.

Toute sa vie, elle entendrait ces mots-là : je t'aime.

— T'en souviens-tu ? La première fois que nous sommes venus ici, je t'ai expliqué qu'une aventure entre nous serait trop compliquée. Cela signifiait : compliquée pour moi. Et j'avais raison. Depuis deux semaines, je m'efforce de t'éviter, car j'ai plus envie de te tenir dans mes bras que de respirer ! Lorsque Sonia m'a appris que tu t'en irais après Noël, j'ai compris que je ne pourrais pas le supporter. J'ai fait une réservation pour t'accompagner en Espagne. C'est ta place que l'on m'a donnée.

— Mais je t'aime ! balbutia-t-elle. Je t'ai toujours aimé !

— C'est vrai ?

— Oui, oui, oui... Je t'aime.

Elle noua ses doigts sur sa nuque, sur la masse soyeuse de ses cheveux. Il se pencha, la forçant doucement à s'allonger. Ses baisers la laissèrent faible et haletante.

— Matt, comme je te désire !...

Se redressant sur un coude, il la contempla longuement.

— A partir de maintenant, Angel, je te veux pour moi seul, le jour et la nuit. C'est pour la vie, entre toi et moi. Tu m'épouseras, et nous ne nous quitterons plus.

— Oh oui ! Mais tu ne sais pas ce qui t'attend... lui avoua-t-elle dans un sourire.

— Quoi donc ?

— Je n'ai jamais appartenu à un homme, Matt. Depuis cette nuit où tu m'as repoussée, quand j'avais dix-sept ans. Tu t'en souviens ?

— Tu étais encore une enfant.

— Presque une femme. Tout ce que je t'ai raconté ensuite était faux...

— Je t'ai fait cela, moi ? Tu m'as attendu... Je suis

heureux comme je ne l'ai jamais été. Ton attente n'aura pas été vaine, je te le promets. Tu ne seras pas déçue.

Toi non plus, mon amour, songea Angela. J'ai tant à te donner... Elle attira son visage contre le sien, et sa longue, si longue quête prit fin. Le long hiver éclata en un printemps flamboyant, tandis qu'elle s'offrait, dans un bonheur infini, à l'homme qu'elle aimait.

Les Prénoms Harlequin

ANGELA

fête : 27 janvier   couleur : violet

La poétique fraîcheur du muguet, son végétal totem, caractérise celle qui porte ce prénom. D'une grâce toute printanière, elle affronte l'existence avec une confiance et une insouciance enfantines, s'amusant de sa propre étourderie. Mais, comme par enchantement, le premier souffle de l'amour transforme cette fillette espiègle en une femme ardente et passionnée...

Pourtant, Angela Millar a du mal à convaincre Matthew qu'elle n'est plus une enfant...

Les Prénoms Harlequin

MATTHEW

Celui qui porte ce prénom n'a certainement rien à envier au jaguar, son animal totem ! D'une rapidité aussi dangereuse qu'imprévisible, son arme favorite demeure son esprit acéré, impitoyable pour ses adversaires. Toutefois, son honnêteté et son grand sens du devoir en font un compagnon loyal et généreux.

Passionné par son métier, Matthew Hanlon prétend ne pas avoir de temps pour les « enfantillages » d'Angela...

Éternelle jeunesse du roman d'amour!

On a l'âge de son esprit, dit-on. Avez-vous jamais songé à vérifier ce dicton?

Des romancières célèbres telles que Violet Winspear, Anne Weale, Essie Summers, Elizabeth Hunter… s'inspirant du vrai roman d'amour traditionnel, mettent en scène pour votre plus grand plaisir héros et héroïnes attachants, dans des cadres romantiques qui vous transporteront dans un monde nouveau, hors de la grisaille du quotidien. En partageant leurs aventures passionnantes, vous oublierez soucis et chagrins, vous revivrez les émotions, les joies…la splendeur…de l'amour vrai.

Six romans par mois… chez vous… sans frais supplémentaires… et les quatre premiers sont gratuits!

Vous pouvez maintenant recevoir, sans sortir de chez vous, les six nouveaux titres HARLEQUIN ROMANTIQUE que nous publions chaque mois.

Et n'oubliez pas que les 6 vous sont proposés au bas prix de $1.75 chacun, sans aucun frais de port ou de manutention. Pour vous assurer de ne pas manquer un seul de vos romans préférés, remplissez et postez dès aujourd'hui le coupon-réponse suivant: